KB273541

姜世煥 米壽記念

丁木 漢詩集

姜世煥 著

第4集 總488首

여보시게 親舊여, 이 바쁜 세상 茶 한잔하며 쉬어가세.
우리도 餘白을 찾아 詩 한 수 읊으며 쉬엄쉬엄 살아가세.

㈜이화문화출판사

漢詩集을 펴내며

詩와 書를 즐기는 자는 행복합니다.

人生無常이라 回甲 1집, 古稀 2집, 喜壽 3집, 米壽 4집 총 488수를 整理하며, 88세 米壽를 맞이하여 人生事를 回顧하면서 어느덧 斜陽의 人生이 되어 痕迹을 남기려 합니다.

騷人墨客이라 詩와 書藝를 즐기는 書藝家로서, 作詩는 부족하지만 書藝人으로서 書藝作品을 중심으로 노력하였습니다.

淺學菲才한 제가 米壽를 맞이하여 두렵지만 용기내어 4집을 출간합니다.
日暮途遠이라 날은 저무는데 갈 길은 멀 듯이 晩學이 되었지만 희망찬 세월 후회 없는 인생을 살려고 노력하겠습니다.

저를 漢詩 창작을 할 수 있도록 지도하여 주신 故 農山 鄭充洛 선생님께 감사드립니다.
한 평생 사랑으로 內助를 해주며 현모양처(賢母良妻)의 역할을 다 해준 외솔 류춘식 여사에게 진정으로 감사합니다.
그리고 20여년을 곁에서 도와준 하정 장민영 회장과 丁木을 믿고 따라준 문하생들에게도 감사함을 전합니다.

출판에 힘써주신 (주)이화문화출판사 이홍연 회장님께 감사드리며 여러분의 건강과 행복을 기원합니다.

2025. 11

丁木 姜世煥

目次

제 2 장 칠언절구

目次

目次

제 3 장 오언율시

目次

제 4 장 칠언율시

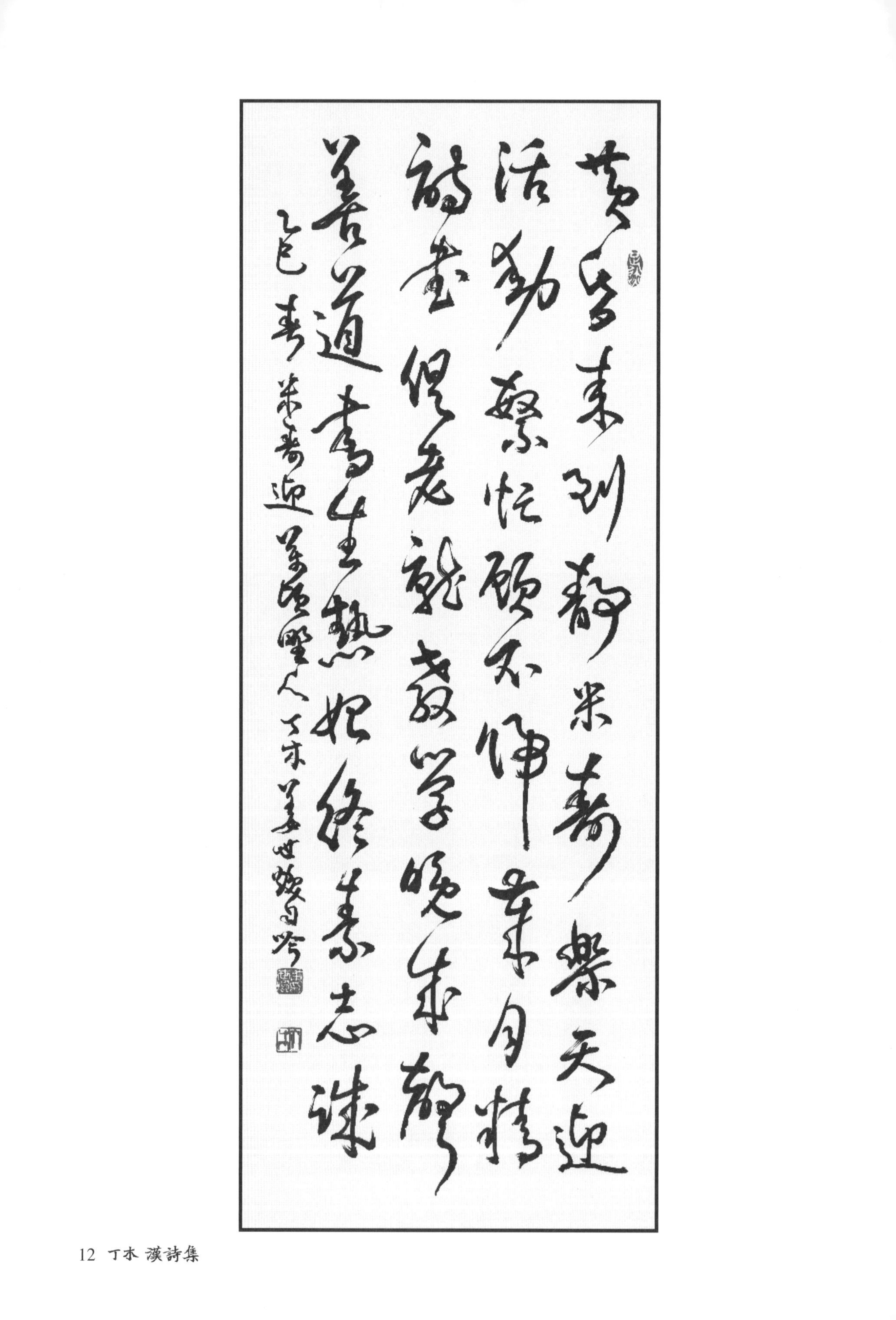

米壽迎

黃昏來到靜　米壽樂天迎
活動繁忙顧　不歸歲月精
詩書俱老就　教學晩成聲
善道書生熱　始終素志誠

황혼에 이르러 고요한 마음으로
88세를 하늘의 뜻으로 알고 맞이하노라
활동이 바빠서 뒤돌아 보지 않았으니
돌아오지 않는 세월에 더욱 정진하리라
시서로 함께 늙어가며 일취월장하여
가르치고 배워서 대기만성하고 명성을 얻으리
선도를 우선하고 문하생에 열정 다하며
시종일관 소박한 뜻을 담아 정성을 다하리라

2024년 7월 23일

제 1 장

오언절구

足跡

足跡書難得　서예의 발자취는 아주 어렵게 얻어지고,
新詩思自吟　새로운 시를 읊으며 사색에 잠기니.
光陰身漸老　가는 세월 따라 이 몸도 점점 늙어가는데,
春色幾迎臨　새봄의 아름다움을 몇번이나 더 맞이 할건가.

1998년 11월 22일

常存

誠正常存道　참되고 올바름은 언제나 존재함의 길이요,
積善行路燈　선을 쌓으므로 인생행로의 등불 되네.
書家時習盡　서가로서 갈고 닦으며 노력을 다하고,
詩客拙吟矜　시를 짓는 사람으로 졸작이나 긍지를 갖네.

1998년 10월 16일

片月

降雪寒風舞　찬바람에 내리는 눈은 춤추듯 하고,
犬鷄庭走遊　뜰에는 개와 닭이 뛰놀고 있네.
野山輝片月　산야에는 조각달이 은은히 비치고,
汝我忘追悠　너와 나는 모두 잊고 추억에 잠기누나.

1997년 12월 5일

浮雲

限命人生活　한정된 수명에서 활기차게 살았으나,
青春歲月流　청춘은 세월따라 덧 없이 흘러가네.
浮雲悠越嶺　뜬구름은 유유히 재를 넘어 흘러가고,
花發落天休　꽃이 피고 지는 것은 하늘의 뜻이로다.

1998년 1월 15일

人生

卒不人間敗　한 번 패배에 인생이 끝나는게 아니고,
是皆抛棄終　모든걸 포기했을 때 끝이 나는 것이다.
世難無幸福　세상사 어렵다해서 행복이 없는 건 아니고,
樂道有心充　즐거운 길은 오직 마음먹기에 있나니.

1998년 4월 20일

漢江

漢陽江動脈　서울의 동맥인 한강에는,
不息氣流清　쉼 없이 맑은 기운 흘러가네.
黃布遊魚躍　황포돛대 물고기 뛰어놀고,
遠飛節鳥聲　철새 날아 계절을 알리네.

1999년 1월 20일

汝矣島

沙島黃金換　모래섬 황금 땅으로 바뀌어,
輪堤生動時　윤중제가 생동하는 시기로다.
櫻花春景滿　벚꽃 봄경치 사람이 가득해,
人海感興知　바다 이룬 흥취를 느끼노라.

1999년 1월 26일

梅

殘雪梅花動　잔설에 매화가 꿈틀대니,
橫技一朶開　옆 가지에 한 송이 꽃피네.
虛庭香氣滿　빈 뜰엔 매향이 가득하니,
獨酌笑容來　술 한잔에 웃음이 찾아드네.

1999년 4월 15일

蘭

岩壁芝蘭寄　바위 벽에 지란이 기생해도,
花溪落谷流　꽃 떨어져 계곡으로 흐르네.
春風香草動　봄 바람에 향초는 춤추고,
樵子坐看樓　나무꾼은 누대를 바라보네.

1999년 4월 19일

南山

漢城高雅立　한성에 고아하게 서 있어,
常綠滿山松　만산에 소나무 푸르구나.
萬世清風泰　만세청풍 태평성대 하니,
歲寒不變峯　변함없는 세한의 봉우리.

1999년 7월 23일

千里江

釣老遊魚弄　낚시꾼 노인 물고기 희롱하고,
清流千里江　천리의 한강물은 맑게 흐르네.
世情平氣待　세정은 평온한 기운을 기대해,
細雨掃心降　내 마음 씻으려 보슬비 내리네.

1999년 7월 15일

晩秋

楓葉銀杯弄　단풍은 은잔 속에 노닐고,
秋風冷氣來　가을바람 찬 기운 찾아오네
萬山紅樹笑　만산에 단풍나무 웃어주니,
不遠雪花開　머지않아 눈꽃이 피겠구나.

1999년 10월 15일

黃金野

黃金村蚱躍　황금들판 메뚜기 날뛰고,
秋夜雁飛來　가을밤 기러기 날아드네.
野鳥豊年噪　들새는 풍년가를 부르니,
鷄鳴曉朝開　새벽닭 아침을 여는구나.

1999년 10월 17일

專一

夜靜青雲起　고요한 밤 청운이 일고,
黎明慶瑞天　새벽빛 상서로운 날일세.
至誠初志到　지성으로 처음 뜻 이룸은,
眞意待時專　참마음 오로지 기다림일세.

2001년 7월 23일

肇春

肇春來到處　이른 봄 도처에 찾아드니,
窓外播梅香　창밖엔 매향을 퍼뜨린다.
陽氣如生動　봄기운 만물이 살아나듯,
清華詠玉章　봄날에 시문이나 읊으리.

2001년 11월 3일

情意

遠歲清書願　긴 세월 맑은 글씨 원하니,
眞情勉學誠　진정으로 정성껏 공부했네.
到來時德就　때가 되면 어짐을 이루어서,
精通筆華成　정통한 글 꽃을 피우리라.

2002년 1월 5일

難得

藝人難得律　예인은 어렵사리 율을 알고,
有志墨緣成　뜻한대로 묵연을 이루겠네.
情緒書生進　정서있는 서생으로 나아가면,
致誠素意聲　치성으로 하얀마음 소리내리.

2002년 1월 6일

早天

高嶺長松秀　고령의 장송은 수려하고,
雪峰靜夜華　고요한 밤 설봉은 화려하네.
寒村情景美　한촌의 정경은 아름다운데,
瑞氣早天家　새벽녘 서기는 집안에 드네.

2002년 1월 10일

素意

開花無數笑　꽃은 무수히 피어 웃으니,
飛走鳥聲陽　나는 새소리 계절을 여네.
書意詩情素　글뜻은 시정처럼 소박한데,
專精筆致望　오로지 소망은 멋진 글씨라.

2002념 1월 11일

洗煉

教學相長道　교학상장에 도가 있듯이,
精神洗鍊賢　정신수양으로 어질게 살리.
藝文難得進　예문은 어려워도 정진하여,
勁健筆鋒連　경건한 필봉을 이어가리라.

2002년 1월 15일

德松

海不揚波善　천하가 태평하니 선행 일고,
青山德老松　청산엔 노송의 덕이 있네.
家傳和氣滿　화기를 가득 집에 전하고,
正道萬年春　바른 길은 만년 봄이로다.

2002년 1월 16일

歲德

高遠行難智　너무 멀어 지혜얻기 어렵고,
時和歲德聲　좋은 시절 세덕의 명성이네.
詩書專習得　시서를 전문으로 습득하여,
鴻志筆華成　큰 뜻의 필화를 이뤄보리.

2002년 1월 17일

難境

樂善安和道　선함을 즐기면 화평한 길이요,
修身德不孤　수신의 덕 있으니 외롭지 않네.
淸風詩客靜　맑은바람 시가로 안정하니,
難境筆鋒俱　어려워도 필봉과 함께하리.

2002년 1월 17일

美德

春風和氣夢　춘풍화기에 꿈을 꾸노니,
花鳥弄歌聲　꽃속에 새소리 재미있네.
淸野祥雲起　청야에 상운이 피어나니,
歲年美德生　세세연년 미덕이 생기네.

2002년 1월 20일

早春

新春傳到處　봄 소식을 도처에 전하니,
換節雁歸時　환절기에 기러기 돌아가네.
橫枈梅香弄　옆 가지에 매향을 희롱하니,
斜陽柳影移　석양에 버들그늘 이동하네.

2002년 1월 20일

晚學

晚學難成意　만학에 어렵게 뜻 이루니,
枯松綠葉生　마른솔에 푸른 잎 생기네.
雪梅寒苦發　설중매는 추워도 꽃 피듯이
所願待望聲　소원은 기다리던 소리로다.

2002년 1월 23일

寒三友

歲寒三友愛　세한 삼우 친구의 우애는,
松秀雪中峰　우뚝한 눈 봉우리 소나무.
竹節冬青葉　겨울철 댓잎은 절개로운데
梅香槿城濃　매향은 이 지역에 짙구나.

2002년 1월 24일

三樂德

我德望三樂　나의 덕은 삼락을 바라보고,
詩情素志聲　시정은 소박하게 들려오네.
書家根本迹　서가의 근본을 남기고 싶어,
教學樂天誠　교학정신으로 지성을 다하리.

2002년 1월 25일

晩志

晩景青雲意　늙어도 청운의 뜻 그대로,
精書樂道誠　정서는 즐거워 지성 다하리.
陽春和氣德　봄 기운 화기에 덕을 얻어,
素志所望成　소박한 뜻의 소망을 이루리.

2002년 1월 29일

雪光

歲寒松葉綠　추운겨울 소나무가 푸르듯,
風雪抱希望　풍설도 희망을 안겨주네.
墨客青雲夢　노객은 청운의 꿈을 안고,
淨書素志揚　맑은 글씨 본뜻을 드날리리.

2002년 2월 1일

筆緣

高遠時書琢　머나먼 시서를 탁마하면,
連年歲德新　세월덕에 새로움을 얻네.
筆緣精進盡　필봉인연 정진을 다하면,
致意墨香眞　뜻 이루어 참 묵향 알겠지.

2002년 2월 3일

美德과 矜持

美德常貞道　미덕은 언제나 곧은 길이요,
矜持指導書　긍지로 서예를 가르친다네.
餘生誠信活　남은 생 진심으로 생활하고,
愛樂有情諸　사랑으로 모두에게 정 주리.

2002년 2월 28일

松

高節松長壽　고절의 소나무는 장수하니,
雪寒歲獨青　설한에도 언제나 독야청청.
風塵難苦勁　풍진세상 어려움에도 경건하고,
和樂鶴來亭　즐거운 정자엔 학이 날아드네.

2002년 3월 9일

長進

長進聲望就　오랜 정진은 이룰 날 있고,
波光碧海深　물결 빛남은 바다가 깊으니.
登高徒伴盡　높은 곳 함께라도 힘 다하며,
致遠感興尋　먼 곳을 찾음은 감흥있도다.

2002년 3월 15일

退筆

退筆今時數　몽당 붓 지금까지 몇일까,
書家專習能　서가로 열심히 능력 갖추네.
雲煙難重琢　좋은 필적 어렵게 탁마하여,
無怯老生昇　겁 없는 노생은 욱일승천의 꿈이요.

2002년 3월 20일

餘德

燒盡餘薪炭　땔 나무는 타도 숯이 남는데,
書生遺藝能　서생도 예능을 남기고 싶구나.
現存誠教學　있을 때 교학에 정성 다해야,
師道德傳承　사도의 덕을 제대로 이어가리.

2002년 4월 20일

雅遊

春野新耕處　봄들엔 곳곳에서 새농사 짓고,
萬家和氣淸　온 집에는 화기가 맑게 퍼지네.
弄花香夢醉　꽃을 희롱하고 꿈속에 취하니,
絶景雅遊情　절경이라 우아하게 노니는구나.

2002년 4월 23일

丁木頭詩韻

丁年過客度　젊음은 나그네로 보냈고,
敎學致誠望　교학상장 치정으로 바라네.
木筆精華雅　글씨 솜씨 정화로 아름답고,
詩書素意將　시서의 소박미 어찌 얻으리.

2003년 11월 7일

頭韻詩

世緣香墨素　세연중 묵향이 소박하니,
時習積雲華　열심히 배워서 꽃 피우리.
煥朗黎明啓　환한 빛 여명에 계시 얻어,
鶴望雄筆査　기다려서 멋진 필적 보리라.

2003년 11월 8일

人書俱老

善筆波生動　붓글씨 파문은 움직이고,
愛情苦樂歸　애정과 고락이 오가구나.
淨書庸德致　맑은 글씨 덕으로 다하니,
俱老藝人揮　서예와 글은 함께 늙어 가는구나.

2003년 12월 30일

竹聲

竹徑風聲遠　대밭길 바람소리 멀어지니,
鳥飛何處歸　나는 새 어디로 돌아갈건가.
夜光雲動競　달빛과 구름이 서로 다투니,
天氣散村暉　천기는 흩어져 촌에 빛나리.

2004년 10월 23일

楓花

萬峯黃葉轉　모든 봉우리에 낙엽은 뒹구는데,
霜染落楓花　서리덮인 단풍잎 꽃피우네.
何處孤聲鳥　어딘가 외로운 산새소리는,
伴鳴寒促斜　추위 재촉 짝찾아 울어대네

2004년 10월 25일

去來人

來人迎不莫　오는 이 막지 말고 맞으며,
去者執無情　가는 자 정 없으니 보내라.
在席眞詳細　있을 때 자상히 정 다하고,
諸賢抱德行　모든 사람 덕으로 안아주라.

2004년 12월 16일

善筆

善筆雲流氣　선필은 구름처럼 운기가 돌고,
雄深致意難　웅장하고 깊은 뜻 전하기 어렵구나.
華年書法就　늦게나마 서법을 얻으니,
詩律素望乾　시율은 원래가 하늘의 뜻.

2005년 2월 1일

好勝

難得淸書琢　청서 얻기 어려워도 닦으니,
歲流晩就聲　세월따라 이루는 소리나네.
好勝生智者　선의의 경쟁 살기 위함이요,
善筆習長行　좋은 글씨 쓸 때까지 배우리.

2005년 10월 30일

雄筆千年

墨香傳萬里　묵향은 만리를 전하고,
雄筆遺千年　웅필은 천년을 남기네.
詩客賢能未　시객은 현능도 아니요,
淨書時習專　맑은 글씨 배우면 얻으리.

2005년 12월 17일

雪寒風

降雪寒波伴　눈보라 한파를 동반하니,
高天界散飛　하늘엔 눈날려 흩어지네.
書窓風雪積　서창에 눈 바람 쌓이니,
年賀筆揮祈　연하로 새해를 기원하네.

2005년 12월 18일

歲寒歸

運命爲生路　운명은 살면서 만들어 내듯,
事情動樂天　하는 일 즐겁게 활동하리라.
錦還誰有待　금의환향 그 누가 기다릴까,
歸夢歲寒傳　고향꿈에 새한을 전해주네.

2005년 12월 27일

靑雲夢

靑雲誰有夢　청운의 꿈은 누구나 있고,
難得遠行望　소망은 먼길 가듯 어렵구나.
寒苦淸香草　한고를 겪어야 맑은 향 뿜듯,
石穿水滴揚　물방울이 돌 뚫듯 드러나리.

2006년 1월 10일

新年始初奬學金

美德淸光素　미덕은 청광의 바탕이니,
庯傳奬學金　떳떳이 전해주는 장학금.
寒生先導意　외로운 학생 선도하는 뜻,
後援歲年深　후원을 매해 깊이 생각해.

2006년 1월 16일

淨書

淨書深遠路　맑은 글씨 깊고 먼 길인데,
能筆苦寒長　능필은 추위처럼 힘이 드네.
登壁難行意　절벽타듯 어렵게 생각하고,
磨光雅致揚　갈아내어 고운 멋 드날리리.

2006년 1월 17일

草路

和氣諸家滿　화기는 온 집에 그득한데,
花春草路鄕　봄철의 풀밭 길 향수에 젖네
新耕豊野處　새 경작에 곳곳은 풍년인데,
柳葉綠陰香　버들가지 녹음이 향기롭구나

2006년 1월 21일

寒梅

明月孤花美　달빛 아래 홀로 핀 꽃 곱고,
寒梅獨發姿　찬 겨울 매화는 홀로 핀 자태일세.
春生傳早動　봄 생기 일찌감치 전하니,
清氣曉天時　맑은 기운 새벽에야 바뀌네.

2006년 1월 22일

姜氏子孫

姜胄矜持氣　강씨 자손 긍지의 기운으로,
世情善德行　세정에 선과 덕 행하리라.
煥然雄筆願　불같은 건필을 원하노니,
書道晩成揚　서도로 이루어 드날리리.

2006년 3월 15일

萬頃野人

萬家和氣動　온 가정에 화기가 움직이니,
頃畔葉桑香　밭뚝에는 뽕잎이 향기롭구나.
野路花時節　시골에도 꽃 피는 시절이라,
人情好景鄉　인정있고 경치좋은 마을일세.

2006년 3월 15일

長存

將進詩書就　장차 시서에 정진하여,
筆家墨迹聲　서예인 흔적으로 말하리.
生存深到學　생존의 깊은 학문 이르면,
專習淨行誠　오로지 지성으로 행하리.

2006년 5월 30일

鶴壽

鶴舞望雲靜　학춤에 편안한 구름보고,
和晴海志峯　개이니 큰 뜻은 태산같네.
壽康天命樂　수강은 천명이니 즐기고,
萬歲善行庸　만세에 선행만 행하리라.

2006년 6월 25일

龍夢

龍夢詩書靜　좋은 꿈에 시서로 편안하고,
無難淨筆揮　무한히 정필로 휘호하노니.
祥生和氣動　상생의 좋은 기운 일어나니,
墨客歲華歸　묵객은 세월 속에 돌아가네.

2007년 3월 15일

希望永登浦

希望永登浦　희망의 영등포,
活氣故鄕明　활기찬 내고장 밝음이 오네.
未來幸福里　미래의 행복 마을은,
信義愛情成　신의와 사랑이 있어야 이루리라.

2008년 5월 8일

墨客歸來

望鄕歸路錦　고향에 돌아가는 길 비단옷 입고,
野鶴遠飛還　야학은 멀리 날아 돌아 오도다.
難得書家就　얻기 어려운 서가를 이루고,
晩年墨客顔　만년의 묵객은 밝은 얼굴일세.

2009년 2월 20일

松

苦寒然後翠　추운 겨울 지난 후에도 푸르고,
松綠壽千年　소나무 수명은 천년이라.
老栢平和告　늙은 송백은 평화를 알리고,
風塵歲月傳　이 풍진 세월을 너는 전하리라.

2009년 8월 30일

常時筆

無事常時樂　무사하게 평상시처럼 즐겁게
伴行落筆遊　동행하듯 낙필을 즐거워하라
淨書難得志　맑은 글씨는 얻기 어렵지만 뜻을 두고
墨客歲寒修　묵객은 늙어서도 수양을 하도다

2009년 9월 16일

踏楓

離發秋光往　가을경치 따라 떠나려니,
霜風各色峯　가을바람 산봉우리가 울긋불긋 하구나.
踏楓聲葉散　단풍잎 밟는 소리와 함께 산책하며,
興醉晩暉容　흥에 취해 저녁 햇빛 따라 얼굴에 화색이 도네.

2009년 9월 17일

聲施千里傳

鶴舞雲遊散　학이 춤을 추며 구름과 함께 놀 듯,
虎嘯動靜盤　뜻을 얻어 활약하는 동정의 반석이 되네.
聲施千里遠　소리가 퍼져 천리를 감은 멀고 먼 길을,
筆勢得時難　필세의 때를 만남은 더욱 어렵도다.

2009년 9월 18일

眞墨

動靜遷眞墨　움직이면 안정으로 옮겨가는 참먹은,
書生筆善緣　서예인과 붓의 좋은 인연이로다.
藝文親愛友　예문자의 사랑을 받으며 벗이 되니,
磨墨硯穿乾　갈면 벼루를 뚫을 수 있도록 일을 하노라.

2009년 9월 22일

白鶴

長壽淸純鶴　오래 살며 청순한 백학은,
飛翔高雅姿　하늘로 날고 고아한 자태로다.
欲望知德不　과욕 알면서 지덕을 갖추지 못했지만,
遠歲善行儀　긴 세월 두고 선행하며 모범이 되리라.

2009년 9월 25일

松露光

散策光松露　산책길 찬란한 빛 솔잎이슬은,
玲瓏滴葉端　영롱한 이슬방울 솔잎 끝에 맺혔구나.
淨神清濁洗　마음이 청결하게 맑고 탁함을 씻고,
精氣日新安　생생한 원기에 일신하여 안정하리라.

2009년 9월 26일

横梅朶

呼我紅梅笑　내가 부르니 붉은 매화는 웃어주고,
誰爲獨發花　누굴 위해 고독하게 피어있을까.
清香横朶美　맑은 향기 옆가지 한 송이가 아름답고,
落影好姿斜　떨어진 그림자 좋은 자태에 비켜가네.

2009년 12월 1일

野花

畔路秋風弄　들길에는 가을 바람을 희롱하듯,
野花處發波　들꽃은 곳곳에 피어 물결을 이루고.
無聲微笑對　소리 없이 미소로 나를 대하듯,
黃葉動搖娥　황엽도 나부낌이 아름답구나.

2009년 10월 1일

秋景感

楓葉風搖轉　단풍잎은 바람에 흔들리며 뒹굴고,
紅峯落照燒　붉은 산봉우리 낙조에 불사르듯 하는구나.
看花佳景感　꽃을 보듯이 좋은 경치에 감정을 느끼니,
秋氣歲時招　가을 기운에 가는 세월을 손짓하네.

2009년 9월 29일

鄕紅枾

紅枾家隅獨　홍시는 집 모퉁이에 홀로 서 있는,
鄕村歲晩秋　향촌의 늦가을의 정경일세.
鵲飡傳誦昔　까치밥은 옛날부터 입으로 전해 오듯이,
裸木朔風留　벌거벗은 나무 삭풍에도 남아있네.

2009년 9월 30일

就正望

能筆難深遠　훌륭한 글씨는 어렵고 깊고 멀지만,
苦行藝德望　고행으로 예문의 덕망을 얻음일세.
墨香常醉舞　묵향에 항상 취해 춤을 추듯,
書友就正將　서예인 되어 바른 일 쫓아 나아가리라.

2009년 10월 2일

金風來

黃落秋涼積　누런 잎 떨어져 가을 기운에 낙엽 쌓이고,
老松取葉樵　솔 잎을 거둬들여 땔나무 하노니.
金風貧者苦　가을바람에 가난한 사람들 고행이니,
寒節歲華招　세월은 추운 계절을 손짓하노라.

2009년 10월 3일

秋野景

秋景黃金野　향촌의 가을경치 황금 들판에,
蜻飛蝗躍徊　잠자리 날고 메뚜기는 뛰어 배회하는구나.
庭前梧葉落　뜰 앞에 오동잎 떨어지고,
雁行朔風催　기러기 줄지어오니 겨울바람 재촉하네.

2009년 10월 5일

秋月景

秋夜清光皎 가을밤 밝은 달은 고요하고,
江流月不移 강물은 흘러도 달은 늘 그 자리에 있구나.
倒河顏色淨 물속에 비친 내 얼굴색은 맑은데,
換節浮雲離 가는 세월에 뜬 구름은 떠나가노라.

2009년 10월 7일

虎嘯

猛虎深林嘯 맹호는 깊은 숲속에서 소리 한번 떨치면,
獸群不動驚 모든 짐승은 움직이지 못하고 놀라더라.
虒聲山谷靜 으르렁거리는 소리에 산골짜기는 조용하고,
緩步峻峰英 어슬렁거리며 험준한 봉우리에 영웅이로다.

2009년 10월 13일

萬山積雪

降雪連峰積　내린 눈은 온 산에 쌓였고,
六花發樹枝　눈꽃은 나뭇가지에 피었구나.
飢寒痕鳥足　춥고 배고픈 새 발자국의 흔적이,
餌食散飛離　먹이 찾아 흩어져 날아 떠났구나.

2009년 10월 15일

深谷鳥聲

深谷清香淨　심심계곡 맑은 향기 청정지역에,
澗聲鳥啼和　산골 물소리 새 울음소리가 화음을 하노라.
虛空雲氣散　허공의 구름은 움직여 흩어지고,
華葉靜閑歌　생기있는 잎 한가로움에 콧노래 부르네.

2009년 10월 16일

晩翠松

常綠長松勁　상록의 장송은 경건하고,
世情萬事知　세정의 만사를 알고 있으리라.
氣勝寒雪翠　의지 굳어 한설에도 푸르고,
靜黙歲華持　묵묵히 세월을 견디어가네요.

2011년 9월 19일

秋夜景

秋夜淸光皎　가을밤 맑은 달은 빛나고,
凉風舞草晴　서늘 바람에 풀잎 춤추던 그 좋은날.
月華歸夢憶　달빛 아래 고향 꿈 추억 어리고,
佳景望雲情　가경에 부모생각 옛정을 느끼네.

2011년 9월 18일

餘生歲月

晩景餘生歲　노후에 남은 생애의 세월은,
還元積善儀　환원의 정신으로 적선하며 의의하게 살고.
仰天無恥活　하늘을 봐도 부끄럼 없이 활동하며,
歸路德庸遺　귀로에 떳떳한 덕행을 남기려네.

2011년 9월 20일

浮生路

暮景浮生路　모경의 덧없는 인생은 오고 가건만,
常時渡世停　일상으로 살아감은 어디쯤 머물고 있을까.
登高望海夢　큰 뜻을 안고 꿈을 꾸며 왔건만,
野鶴歲寒經　야학으로 늙어 감은 변함이 없으리라.

2011년 9월 10일

旅情雲淨

離別無終着	이별도 없고 종착역도 없는,
浮生歲遠行	덧없는 인생은 세월에 먼 여행이로다.
旅情雲霧淨	나그네 마음은 구름도 안개와 맑음이 있고,
歸路順風程	인생 오가는 길에는 순풍의 여정이 되리라.

2011년 8월 31일

常情後顧

眞義常情省	참된 뜻을 일상의 마음으로 살피고,
名聲後顧庸	명성에는 뒤돌아보고 떳떳한가 살피며.
雅望正道步	정당한 명예는 바른길을 걸어왔는지,
羞恥靜修共	부끄럼 없이 수양하며 공존하노라.

2011년 10월 28일

夢遊草露

人生正答莫　인생이 살아가는데 정답이 없고,
世事美談餘　세상사의 미담은 여유를 남기도다.
歲月無常伴　세월이 덧없음을 동반하여 가며,
夢遊草露虛　꿈속에 놀던 초로인생이 허무하구나.

2011년 10월 25일

筆痕武藝

筆痕遺歷史　붓의 흔적은 역사를 남기고,
武藝路和平　무예는 화평함의 길이로다.
正道無憂靜　바른길에는 걱정이 없고 편안하니,
德望智者清　덕망은 슬기로운 사람의 맑음이로다.

2011년 10월 22일

賢愚者

好事人生樂　좋아하는 일에는 인생이 즐겁고,
善行美德持　선행함은 미덕에 힘을 가질지어다.
賢能天氣有　어질고 재능은 천기에 있음이요,
愚者靜修知　어리석은 자는 수양함에 지혜를 얻으리라.

2011년 10월 17일

還生鶴

夢遊鷄啼曉　꿈속에 놀다 닭 울음소리 새벽에 일어나,
鄕愁再歸追　향수에 다시 돌아오듯 추억이 새롭고.
推想還生起　추상으로 환생 된다면 다시 일어나,
鶴飛遠海離　학이 되어 날아 먼 바다를 보며 떠나고 싶구나.

2011년 10월 1일

筆舞樂

筆舞毫端變　붓이 춤을 추듯 붓 끝이 변화되며,
連書轉換鋒　연서를 전환하는 필력이로다.
氣勝揮灑勢　의지가 굳세고 붓을 휘두르는 기세와,
遠歲致知龍　긴 세월에 깨달아 이르는 용두의 꿈을.

2011년 9월 22일

松節君子

君子天怨不　군자는 하늘을 원망하지 않고,
他人怒發賢　타인에 노하지 않는게 어진자로다.
風霜寒氣勁　풍상에 차가운 기운에도 굳센 나무
松柏雪中堅　송백은 설중에도 견고하구나.

2012년 1월 20일

朝露歸路

暮歲多難去　한해를 지나며 다난사는 가고,
晩暉歸路生　저녁 햇빛에 돌아가는 인생아.
曉天來夜理　새벽이 오면 밤이 오는 것은 진리요,
朝露靜虛正　덧없는 인생 번거로움 없이 바르게 가노라.

2012년 1월 11일

門風紙

寒雪門風紙　한설에 문풍지가 울던 때,
家鄕草屋思　고향 살 던 초가집이 생각나는구나.
舍廊燈火動　사랑방 등잔불이 움직이던,
追憶舊遊馳　옛 추억 같이 놀던 친구와 달려왔구나.

2011년 12월 29일

野鶴輝

野鶴雄飛動　야학이 씩씩하게 활동하듯,
翠雲筆舞揮　푸른 구름에 붓이 춤을 추며 휘호하고.
琢磨成就到　탁마하여 성취를 이루어,
夜氣晩晴輝　맑은마음은 저녁하늘에 빛나도다.

2012년 9월 20일

不再會

靑春無再會　청춘은 다시 만남이 없고,
歲月不歸來　세월은 되돌아오지 않는
永遠諸般未　제반사는 영원함이 없듯이
浮生草露孩　초로인생아 웃으며 살자.

2012년 10월 26일

醉墨來

送舊黎明曉　옛것을 보내고 여명의 새벽하늘은,
和風擧世開　화풍 속에 온 세상을 열어주노라.
詩吟興醉墨　시를 짓고 흥겨워 글씨를 또 쓰고,
生動曠望來　생동의 넓은 희망이 찾아오노라.

2013년 1월 20일

松竹家

松竹清風靜　송죽향기의 맑은 바람에 고요하고
草家讀聲和　초가에는 글 읽는 소리가 화평하구나
鶯啼情感詠　먼산 꾀꼬리 울음소리 정감을 느끼며 시를 읊으니
碧巖歲華歌　푸른 이끼 낀 바위에 가는 세월 옛노래 부르네

2024년 4월 23일

青龍

青龍氣象運　청룡 기상의 해 행운을 받아
諸賢祥瑞嘉　모든 현인들은 좋은 기운에 경사스럽구나
曉天光華靜　새벽하늘 아름다운 빛에 정화되니
常樂時節和　항상 즐거움과 시절의 화평을 기원하노라

2023년 9월 21일

秀香

秀麗淸和雅　수려한 경치속에 청화하고 우아하니
石盤揮筆詩　석반석에 앉아 휘필하며 시한 수 읊네
香華山野笑　향기로운 꽃은 산야에 웃음을 짓고
雲錦淨神思　비단구름에 마음이 청결하니 사색에 잠기네

2023년 8월 17일

雪髮

望九靑雲夢　90살을 바라보는데 아직도 청운의 꿈속에
華顔雪髮矜　고운얼굴이 어제였는데 어느덧 하얀머리 자랑일세
故鄕松老露　고향의 뒷 산 소나무는 늙어 이슬이 맺혀 있고
世事識時承　노송은 세상의 모든 일을 다 알고 이어왔노라

2017년 12월 23일

雪寒

積雪途中遠　눈은 수북하게 쌓였는데 갈 길은 멀고
落陽雲路望　날은 저물어 가는데 구름만 바라보네요
孤客寒氣處　외로운 나그네 찬 기운에 거처는 없고
野鶴夜深鄕　야학되어 밤은 깊어가니 향촌이 그립구나

2017년 12월 11일

醉夢

野山虛房寤　야산 잔디밭에 텅 빈방이라 잠을 깨고 나니
聲鳥草香陽　산새소리 풀 향기에 햇빛이 비치네
醉客天宇夢　취객이 되어 하늘을 지붕삼아 단꿈을 꾸며
德華瞬間祥　영화롭고 행복함은 순간이나마 좋은 꿈이었구려

2017년 12월 10일

濤聲

濤聲詩作激　파도소리가 시를 지으라고 격려하듯
雪夜叩吾神　눈 내리는 밤 나의 정신을 두드리는구나
老客僥倖健　몸은 늙었지만 요행히 건강하니
斜陽執念伸　기울어진 인생 집념으로 뜻을 펴보리라

2017년 11월 25일

淨書

淨書遊藝祈　맑은 글씨는 예술을 즐기는 사람의 바램이요
遠志致成誠　원래 한 뜻을 이루기 위해 지성을 다하노라
筆舞雲流樂　붓이 춤을 추니 구름이 물 흐르듯이 즐기며
常勤進就榮　상근 정진하여 뜻을 이루어 영예를 얻어 보리라

2017년 11월 17일

聲望

聲望賢者夢　성망과 인망은 현자들의 바라는 꿈이요
庸德靜修將　용덕으로 조용히 수학하며 일취월장하리라
淸雅生存格　청아하게 생존하며 인격을 갖추고
正常世事揚　바르고 떳떳하게 세상사에서 양양할거나

2017년 11월 17일

鷲峯

鷲峯姿態美　산봉우리에 앉은 독수리의 자태가 아름답고
高雅威嚴矜　고아하고 위엄을 자랑하듯 앉아 있구나
飛躍蒼空動　날아 뛰어오르듯 창공에서 날아 움직이니
遠行獨樂能　멀리 여행하듯 혼자 즐기며 능동적으로 살지어다

2017년 11월 16일

德聲

德聲明智道　덕성은 명철한 지혜와 도의 생활이
積善禮文家　선을 쌓으며 예법의 명문가가 되라
勤者必成致　부지런한 사람은 반드시 성공을 이루고
誠正義理佳　참되고 올바른 도리에 착한 마음으로 살지어다

2017년 11월 15일

雲鶴

雲鶴時和靜　학이 구름 속에 노니 시대화평 온화하고
高雅飛動遊　고상하고 우아하게 날며 즐겨노네
遠光望達就　먼 곳의 경치에 희망을 이루기 바라며
夜景靜嘉浮　야경의 평온하고 아름다운 뜬구름보네

2017년 11월 14일

揮毫

揮毫生動勢　휘호는 생동감 있는 필세를 이루고
筆舞致如流　붓이 춤을 추고 물 흐르듯 필치를 이루도다
難得雲煙到　얻기 어려운 훌륭한 글씨를 이루며
勤能進就尤　근면과 재능을 진취적으로 더욱 노력하리라

2017년 11월 13일

驚龍

驚龍草書勢　경룡은 힘찬 초서가 꿈틀거리듯
筆致秀潤翔　필치는 생동감있어 용상하듯 하고
晩學書生意　만학의 서생은 의지와 초심으로
樂天苦節揚　낙천적 어려움도 이기고 드러내리라

2017년 11월 12일

遊藝

遊藝深遠旅　예술을 즐기니 멀고 먼 여정이요
愛情精進書　애정으로 정진하는 서예가로다
禮家庸德布　예문가로서 평상의 덕행으로 베풀고
正道淨神餘　바른길 맑은 정신으로 여생을 보내리

2017년 11월 10일

墨客

墨客書生藝　묵객의 서생은 예문을 좋아하니
樂天遊筆詩　낙천적으로 붓을 즐기며 작시도 하고
席長過程路　좌장이 되어가는 과정의 경로는
深到遠行時　도리의 깨우침을 먼 여행하듯 시간이 필요하다

2017년 11월 10일

歸夢

歸夢親知覺　고향 꿈에 친지가 생각나고
望雲舊愛新　어버이 그리워하는 마음이 새롭구나
野亭農濁杯　들 정자에서 막걸리 한 잔 술에
鄉客遠行春　고향의 손이 되어 먼 곳에서 봄을 맞네

2017년 11월 9일

無聲

無聲深海濤　깊은 바다는 파도가 없고 소리도 없으니
親愛不言知　서로 사랑하면 아무말 없이 뜻을 알지어다
柳綠花紅弄　봄의 아름다운 자연경치를 구경하고
碧松影子移　절벽의 소나무 그림자는 소리없이 이동하네

2017년 11월 8일

鶴望

鶴望通運待　학망은 운수를 기다리는 희망 속에
素志藝文能　소박한 뜻은 예문의 능필이로다
遊筆書生樂　붓을 좋아하는 서생은 낙천적으로
墨香友學矜　묵향은 글동무에 자긍심을 갖으리라

2017년 11월 8일

擧動

擧動書家靜　서가인의 모든 행동함은 마음이 안정되고
德望積善誠　덕망으로 선을 쌓으며 인간사에 성실하라
賢人正道導　현인들은 올바른 길로 선도하면서
邁進我前行　열심히 매진하며 내가 먼저 선행하리라

2017년 11월 7일

野鶴

野鶴飛翔獨　야학의 비상함은 고독하고
孤雲遠路遊　외로운 구름 먼 길에 즐겁게 놀고 있네
散人稱善道　산인은 착함을 칭찬하며 정도에 살고
智德衆生休　지덕을 겸한 중생은 공휴하며 살지어다

※散人(산인) – 벼슬을 하지 않고 민간에 한가히 있는 사람

2017년 11월 6일

躍動

躍動時生氣 약동하고 생기 있는 시절도 있었는데
歲流青少虛 세월따라 청소년 시절은 허무하였구나
晩年華髮靜 늙음에 백발되니 조용하고 한가하며
高遠得中書 뜻이 높고 멀어 지나치지 않은 서예를 얻음이라

2017년 11월 5일

樂壽

樂者通常健 즐거운 자 오래 살며 평상시 건강하고
瑞祥家緖繁 상서로움에 가정 사업이 번영하리라
聲施千里善 베풀어 가는 소리 천리 가니 선행함이요
無事泰平源 무탈하고 편안함은 인간사 근원이로다

2017년 11월 5일

鶯啼

鶯啼春華愛　꾀꼬리는 화창한 봄날 사랑 찾아 울고
白雲深處聲　흰구름 깊은 곳에 울음소리 들리네
松風淸秀美　솔바람에 노란 용모가 빼어나듯 아름답고
和氣瑞祥鳴　화기애한 상서로움의 꾀꼬리 울음소리일세

2017년 11월 5일

龍夢

龍夢希望活　용꿈으로 희망 속에 살아가는데
斜陽草露生　기울어져가는 초로 인생아
時來運到待　시운이 돌아오기를 고대하는데
退路晩暉傾　퇴로인생 저녁 햇빛으로 기울도다

2017년 11월 4일

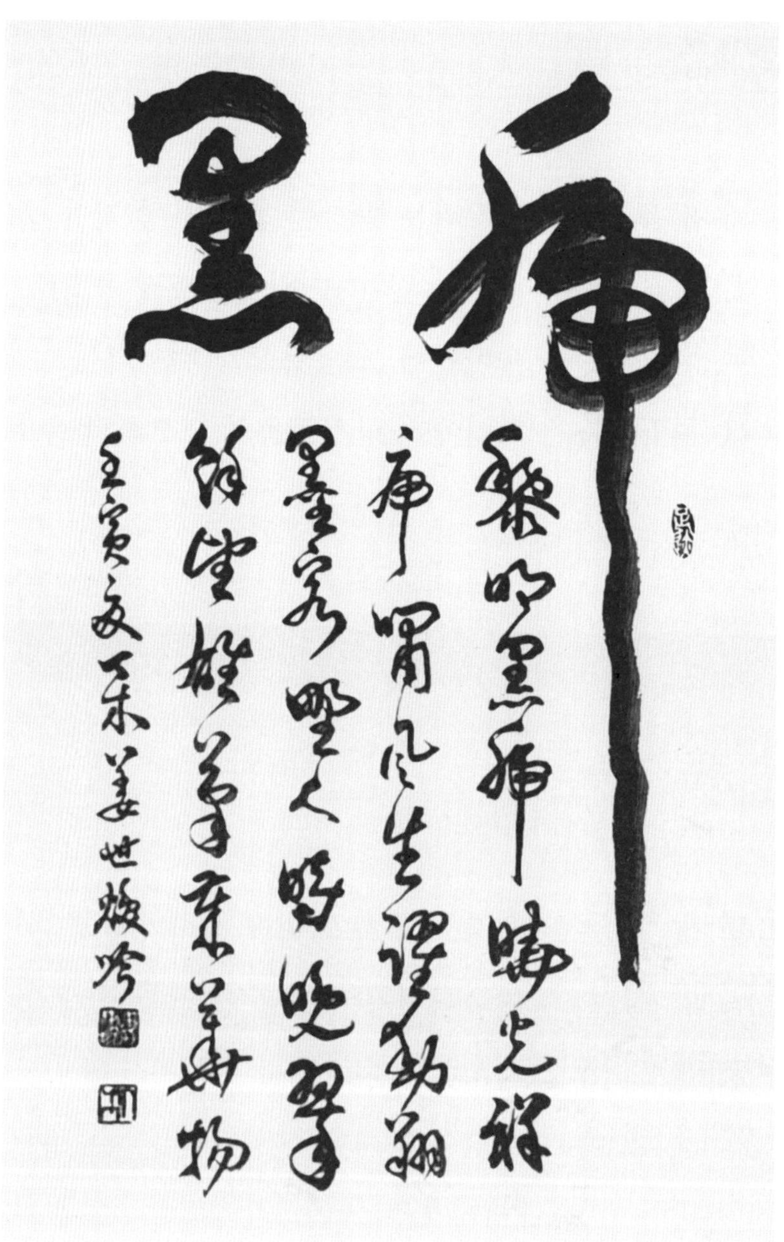

黑虎

제2장

칠언절구

故友

牧童草野與牛親　목동은 풀밭에서 소와 친하고,
地德農耕信居民　농사짓는 농부들은 땅을 믿고 살아왔네.
兒乳泣令聽罕有　이제는 어린아이 울음소리도 드물게 들리는구나.
保鄕故友客憂身　옛 친구들은 고향 지키는데 객이 된 이 몸은 근심만 하네.

1998년 7월 10일

菊花

黃花淸雅滿東籬　깨끗하고 아름다운 국화는 동쪽 울타리에 가득하고,
霜曉光華迎色姿　서리 내린 새벽에 너의 자태는 고운 빛으로 맞이하는구나.
紅紫落花殘菊勁　모든 꽃은 낙화가 되었어도 국화만은 꿋꿋이 남았는데,
秋容孤獨笑珍奇　외롭게 피어있는 국화 홀로 진기하게 웃고 있네.

1998년 10월 5일

竹

高節志行爲立身　높은 절개와 지조를 가짐은 입신을 바로 하기 위함이니,
竹空君子虛心眞　대나무 속 비었듯이 군자도 마음 비워 참되게 살지어다.
青林獨坐吟詩靜　푸른 숲에 홀로 앉아 조용하게 시를 읊으니,
明月笑容迎我親　둥근 달은 웃는 얼굴로 나를 맞이하는구나.

1998년 11월 11일

鶴

天空飛鶴與雲遊　푸른하늘에 나는 학은 구름과 더불어 놀고 있고,
千歲其心老自求　천세라도 그 마음 모든 일을 스스로 찾아다니는구나.
精美孤高姿效用　고고하고 깨끗하며 아름다운 너의 자태를 본 받아서,
野人靜居意身修　조용히 살면서 굳은 의지로 심신을 닦으리라.

1998년 3월 3일

田野

煙光浮地發松花　아지랑이 땅 위에 아른거리니 소나무 꽃피고,
燕子春華飛瑞家　제비는 봄철이면 찾아와 상서로운 집에 가드네.
娥姐葉桑容態美　뽕을 따는 아가씨의 용태가 아름답고,
牧童牛愛樂歌嘉　소를 사랑하는 목동은 즐겁게 노래하네.

1998년 4월 15일

平野

沓中長俑立孤眠　논 가운데 허수아비 외로이 졸고 있고,
衆鳥弄聲飛稻田　참새 떼는 재잘대며 벼밭에 날아드네.
平野黃金群鳥集　황금색 평야에 뭇 새들은 모여들고,
今秋雁到歲豐年　올 가을도 기러기 날아드니 세월은 풍년일세.

1998년 8월 10일

祖宗山

祖宗山脈連孫姜 조종산의 정기 이은 강씨의 후손들,
後嗣先塋時祭香 선산에 후손 모여 시제 향내 피우누나.
陽地草童歌樵徑 양지에서 초동들은 나무하고 노래하며 길을 찾고,
陰濃聲蟬與吟章 짙은 그늘 아래 매미 소리 들으며 글을 짓노라.

1997년 7월 23일

雪原

雪花枝竹動冬風 댓 가지에 핀 눈꽃은 겨울바람에 흔들리고,
禽獸飢寒走足衆 춥고 배고픈 짐승 발자국 눈 위에 무수하구나.
冷氣靜中流白色 기온은 차갑고 쓸쓸한 가운데 달빛이 흐르고,
雪原月夜地和冲 눈 덮인 바람에 온천지가 화목하길 바라누나.

1998년 1월 23일

海松

獨巖海岸寄生松　해변의 외로운 바위에 붙어사는 저 소나무,
生命依存感歎重　생명을 지탱함에 거듭 감탄하는구나.
寒雪斜柯長壽樹　춥고 모진 바람에 비스듬히 자란 나무 오래 사느니,
風霜姿勢順天從　만고풍상 견디는 자세 천리를 순종할 뿐이세.

1998년 6월 25일

南山夜景

南山夜景色輝煌　남산의 야경은 오색 등불로 휘황하고,
廣遠京城表富强　넓고 넓은 서울은 부강의 상징일세.
建物高層通道路　높은 빌딩 사이에 확 뚫린 도로 위에,
動車疾走活希望　질주하는 자동차는 희망찬 활력 같구나.

1998년 4월 5일

願統一

無情戰線鳥飛來　무정한 휴전선에 새들은 넘나드는데,
鐵馬停車北向催　멈추어 있는 철마는 북향을 재촉하네.
分斷國家悲劇掃　분단 국가의 비극을 씻어내고,
平和統一卽今開　평화통일 지금 당장 열려야 하네.

1998년 8월 15일

五峯圖

屛風御座五峯圖　어좌 뒤에 있는 병풍의 다섯 봉우리 그림은,
日月山松水意模　해와 달, 산, 소나무, 물 다섯 가지 의미구나.
天地象徵生命物　만물의 생명력과 천지를 상징하니,
表明繪畫世傳孤　그림으로 고아하게 후세들께 전하네.

1998년 7월 30일

落星垈

落星垈塔歲千年　낙성대의 3층석탑 천년세월 지나도,
高麗將軍蹟世傳　고려장군 흔적을 누대에 전하네.
祖仁憲公遺偉業　인헌공(강감찬) 할아버지 남기신 위업에,
後孫敬謹聳先賢　후손으로서 우뚝한 선현을 삼가 공경합니다.

1998년 7월 23일

京城驛

鐵車終着客賓迎　철마가 종착하니 손님들을 맞이하고,
史蹟京城驛舊情　역사적인 서울역은 옛정이 어리는구나.
離別相逢場始發　만남과 이별의 시발 장소이지만,
京平間願走通行　서울에서 평양까지 이어달리기 바라노라.

1998년 7월 13일

孤獨

萬山積雪旅人孤　모든 산에 눈 쌓이니 나그네는 고독한데,
鳴獨雁飛雁帛途　홀로 울며 나는 저 기러기 누구 소식 전하러 가는 길인고.
天地銀花禽足去　천지에 눈꽃인데 금수의 발자국은 어디로 갔을꼬,
白雲遠路歲華呼　흰 구름도 먼길을 떠나는데 세월은 나를 부르네.

※雁帛 : 비단의 편지를 기러기 다리에 묶어서 보냄.

1998년 9월 11일

人生無常

兩親遠路未歸家　양친께서 먼 거리를 가시더니 귀가를 하지 않고,
冬去還春心不花　겨울 가고 봄 왔건만 마음의 꽃은 피지 않구나.
故友離愁空永逝　죽마고우를 떠나보내고 슬픈 마음에 공허하니,
生涯雲嶺似書沙　삶은 구름이 재 넘듯 모래밭에 글씨 쓴 것 같구나.

1998년 9월 20일

家族

所生子息健成長　소생한 자식들은 건강하게 성장하였는데,
居住核家皆現行　사는 것은 핵가족이라 따로 사는 게 현실이네.
衆鳥建巢棲息路　새도 무리지어 둥지 틀고 길 따라 다니는데,
古風情禮遠心堂　옛 풍속의 정과 달리 집과 마음이 멀어지네.

1998년 7월 25일

敬天

勢家富貴水泡如　부귀와 권세는 인생사에 물거품과 같은 것이고,
世路過望老後虛　세상사에 지나친 욕망은 노후에는 허무하노라.
哀樂生存共感謹　살아가는데 즐거움과 슬픔을 공감하면서 삼가지내고,
敬天愛好與人居　하늘을 공경하고 서로 사랑하며 더불어 살자.

1998년 10월 11일

聲

聖堂鐘曉祈和康　성당의 새벽 종소리에 화평과 강녕을 기원하고,
木鐸夜寺禮佛祥　깊은 밤 산사의 목탁소리에 상서롭게 예불을 드리는구나.
牛耕鈴聲豊作願　밭 가는 소방울소리에 금년에도 풍작을 원하고,
衰容村老嘆無常　야윈 얼굴 늙은이 한숨소리에 인생의 덧없음을 느끼는구나.

1998년 2월 11일

半白

歲流半白感書生　흐르는 세월에 반백이 된 서생은 허무함을 느끼고,
身老無常從順行　늙어가는 몸은 인생무상이라 순행함에 따르리라.
不歎筆家詩晩熟　필가로써 한숨만 쉬지 않고 시서로써 늦게 성숙하여,
樂天後學導長成　즐거운 마음으로 후학을 지도하며 성장하여 보람 찾네.

1998년 2월 22일

登龍

晩年書展賀登龍	늦은 나이 서예대전에 등용을 하례하고,
時習筆家熟遠從	서가로서 열심히 배워 통달하여 나아가리.
老鶴天空飛萬里	늙은 학도 푸른하늘에 만리를 날으는데,
青雲意近琢高峰	청운의 꿈은 가까우니 고봉 오르듯 노력하리.

1997년 9월 10일

愼黙

遠征書藝雲煙臨	서예술의 좋은 필적은 멀고먼 원정이요,
愼黙作詩改讀吟	신중하게 시를 지어 다시 읽고 침묵하네.
老客渡江山越忍	노객은 강 건너고 산 넘듯 인내하고,
不文去歲苦傷心	문장이 서툰데도 세월 가니 마음 아프게 하네.

※不文 : 서투른 문장

1997년 10월 18일

藝文

利磨确盤老不知 자갈땅 갈아 쟁반 만드니 늙는 줄도 모르고,
藝文爲志待來時 예와 글에 뜻을 두고 때가 오길 기다렸네.
詩書長究遂成就 시서를 연구하여 드디어 이루어 나가는데,
學厭倦敎自足怡 배움을 마다 않고 가르침에 게을리 않으니 스스로 기쁨일세.

1997년 12월 7일

筆家

書生藝志幸前程 서생으로 예술에 뜻 두니 앞길이 행복하고,
詩客筆家時習成 시 짓고 글씨 쓰는 건 노력하면 이루어지리.
精進苦行誠自助 힘들어도 정진하여 정성으로 스스로 이루고,
後來足跡孰傳評 훗날의 흔적은 누군가 평가해서 전해주리라.

1998년 4월 5일

竹

清風枝葉動搖揚 청풍은 지엽에서 요란하게 드날리고,
長大雙竿比等楊 길다란 쌍간은 버드나무와 견주네.
孤竹雪花寒節綠 눈꽃 핀 추운겨울 대나무가 푸르듯,
義人志操靜思篁 의인지조 대밭에서 조용히 생각하네.

1999년 4월 29일

新綠

綠陰深處鳥聲親 녹음 짙은 곳에는 새소리 친하고,
陽谷孤村情景鄰 양지의 고촌에는 정경을 이웃하네
亭子松林淸夜讀 솔숲의 정자엔 밤공부 맑게 들려,
靜虛思索詠吟新 고요속에 사색하며 신시를 읊노라

1999년 5월 5일

祝詩

開館賀章盛事培　문화회관 개관축하 좋은 일 북돋고,
諸賢暢達殿堂來　어진 이 문화창달 전당에 오셨으면.
陽春瑞氣矜持與　봄날 같은 서기에 함께 긍지 갖고,
情感鄉隣修練臺　이웃같은 정으로 수련토대 원하네.

1999년 6월 10일

霜降期

僻村常柿到來冬　벽촌에 붉은 홍시 겨울은 찾아들고,
楓葉散飛紫翠峯　단풍잎 흩어지고 봉우리는 울긋불긋.
雁陣蒼空寒氣襲　기러기 떼 창공에 찬 기운 스며드니,
白雲深處獨孤松　흰 구름 깊은 곳에 소나무 외롭구나.

1999년 11월 1일

老姑草

老姑陽處發花邱　할미꽃은 양지녘에 아름답게 피었고,
雲雀遊絲鷄犬遊　종달새와 아지랑이 닭과 개는 뛰노는데.
桑葉菜娘春景去　뽕따고 나물 캐던 아가씨 봄날 가듯이,
風光鄕夢嶺雲浮　경치좋은 고향 꿈 고개 위엔 뜬구름.

2000년 4월 5일

二千年光復節離散家族相逢

離散相逢歡愛哀　이산가족 상봉에 희로애락 느끼고,
歎聲萬感復歸來　탄성소리 만감에 오가기를 바라네.
京平親族民情苦　서울평양 친족들 백성은 괴로운데,
破壁協和天命開　장벽깨고 한마음 천명으로 여소서.

2000년 8월 20일

陽春之節

望鄕春信告誰傳　고향의 봄소식은 누가 전해 알리나,
柳綠花紅氣色然　푸른버들 붉은 꽃 기색은 그러하네.
斜影陽光江畔照　봄볕은 빗겨나서 강변에도 비치니,
和風裳弄少時姸　화풍에 치마들썩 젊은시절 아름답네.

2001년 3월 10일

萬化方暢

柳綠花紅和氣鮮　봄날의 자연경관 화기가 신선한데,
陽風來到雁歸連　양풍이 불어드니 기러기 이어가네.
鄕村江畔梅香播　고향의 강 언덕엔 매화향기 퍼지고,
親友雙杯春夢煙　친구와 술잔 드니 일장춘몽 아니런가.

2001년 3월 12일

春麥風舞

野生花笑散光情　야생화 곱게피니 봄볕도 정겨웁고,
柳葉青搖候鳥聲　수양버들 흔들리니 철새소리 들리네.
和氣草香春麥舞　화기에 풀 향기 봄보리가 나풀대고,
晴空煙景老夫耕　개인 하늘 아지랑이 농부는 농사짓네.

2001년 3월 20일

野景香

逢時風月景光鄉　때 만나 읊는 풍월 시골경치 바라보고,
黃蝶伴從雙舞桑　노랑나비 쌍쌍이 춤추며 뽕밭 찾네.
晴氣野花香夢弄　맑은 기운 들꽃에 꿈속을 헤매이니,
牧童草笛騎牛揚　목동은 풀피리를 소 등에서 드날리네.

2001년 3월 22일

傳薪

燒盡薪樵黑炭殘　다 탄 땔나무도 검은 숯은 남는데,
人生遺志善終難　인생은 뜻 남기고 선종이 어렵구나.
精神遠歲常存藝　정신은 긴 세월 살아있는 예술이라,
師道傳承庸德丹　사도를 이어감에 온 마음 다 하리라.

2001년 5월 18일

忍苦

藝文素志致專精　예문에 뜻 두고 오로지 정진하며,
教學相長師第情　가르치고 배움은 사제의 정이로다.
行筆墨香生動氣　행필과 묵향에는 살아있는 활기가,
淨書忍苦歲華征　정서는 인고의 세월 가야 이뤄지리.

2001년 6월 5일

專精

南峰爲筆筆華成　남산을 붓을 삼아 필화를 이루고,
漢水硯池研墨行　한강수 연지삼아 글씨공부 하리라.
天界紙長時習琢　하늘을 종이삼아 열심히 탁마하여,
詩書文質盡專精　시서의 문질 위해 오로지 정진하리.

2001년 6월 3일

鐵柵線

陣雲鐵柵鳥飛來　구름덮인 철책선엔 새 날아 오가고,
鄕失望鄕年老哀　고향잃은 망향에 노인은 애석하네.
離散相逢民族願　이산가족 상봉은 민족이 원하는바요,
京平往路走行開　서울 평양 왕복길 달리게 열어다오.

2001년 10월 28일

暮春卽事

麥浪風動弄裳衣　보리밭 봄바람에 치맛자락 펄럭이고,
雲雀高鳴春節輝　종달새 울어대니 봄빛 더욱 빛나네.
柳絮散飛煙景對　버들꽃 흩어지니 아름다운 봄경치,
草原舞蝶暗香歸　초원에 나비는 향기 찾아 돌아오네.

2002년 4월 30일

仙遊島公園

仙遊夜景照明華　선유공원 야경의 조명은 화려한데,
噴水上岩五色花　상암동 분수대엔 오색의 꽃이피네.
長棧雲橋浮散步　긴 곡선 구름다리 뜨는 듯 산보 해,
島園風致漢江誇　선유공원 풍치는 한강의 자랑일세.

2002년 6월 20일

書藝之味

揮毫善筆自矜誇　휘호는 선필로 자긍심을 자랑하고,
線質墨香賞味華　선질과 묵향은 감상하는 꽃이로다.
時不再來長途藝　한번 가면 또 못오는 장도의 예술,
常勤精進野人斜　부지런히 정진해도 야인은 빗나가.

2002년 7월 2일

炭香

薪木盡燒殘炭香　땔나무는 다 태워도 숯 향기 남는데,
人生鴻志極艱揚　인생 큰뜻 드러내기 너무나 어렵도다.
詩書時習雲烟致　시서를 익혀서 멋진 필치 이루려면,
教學相長庸德行　교학상장 근본을 덕으로써 행하리라.

2003년 5월 16일

卒業五十週年同窓會

不知初校卒幾年 초등학교 졸업후 몇년이 되었는가,
師友校庭追億筵 은사와 벗 교정에서 추억연 마련했네.
斜月顔皴情感笑 인생만년 주름엔 정감의 미소띄고,
村童姿勢歲流乾 시골아이 옛모습 세월은 하늘의 뜻.

2003년 11월 11일

鄕里永登浦

鄕儒文敎舍廊房 선비들 글가르치는 사랑방 운영해,
永續精華矜持康 오랜 지속 정화에 긍지로 건강하리.
登龍作家長遠計 등용되는 작가로서 원대한 계획에,
開雲流水淨書揚 구름개고 물 흐르듯 맑은 글씨 드날리리.

2004년 9월 30일

栗島

無人栗島茂林楊 사람없는 밤섬엔 무성한 갯버들나무,
棲息鳥群巢居翔 서식하는 많은 새 둥지에서 날개치네.
水雁鷗汀魚躍弄 오리와 갈매기 뛰는 고기 희롱하니,
波流黃葉景秋陽 물결위에 뜬 단풍 가을경색 밝고나.

2004년 10월 1일

虛房內

虛房燈火墨香盈 허방내에 등불은 묵향과 가득차고,
落筆無休同樂精 낙필은 쉬잖고 동락하며 정진하네.
書道長生勝友處 서도는 영원해 좋은 벗 이루는 곳,
瑞光微笑越窓明 서광은 미소지며 창넘어 밝혀주네.

2004년 10월 22일

架

房內竹架掛衣裳　안방의 횃대는 의상 걸어 정리하고,
什物架中堂上廊　세간살이 집물은 시렁용 당상마루.
鷄舍架空鳴曉照　닭장의 횃대엔 닭 울어 새벽밝으니,
往時追憶詠望鄕　추억의 고향생각 한 수 읊어보네요.

2004년 10월 22일

샛참

豊年農事飽深耕　풍년약속 농사일 배불러야 열심이지,
蚱躍畔疇休暫迎　메뚜기 뛰는 논뚝길 잠깐 쉬며 새참 맞네.
主婦筐內肴酒食　아낙네의 광주리엔 안주 탁주 음식가득,
鄰夫行客友飯情　이웃 농부 길손과 벗삼아서 정 나누네.

2004년 10월 25일

楓葉書

高峰深處落楓渠　산높고 깊은 골 도랑가에 진 낙엽,
溪谷浮流孤葉書　계곡에 물 흐르니 떠가는 단풍엽서.
嶺越朔風行旅凄　재넘어 부는 삭풍 나그네 쓸쓸한데,
雁飛寒促歲時虛　기러기는 겨울재촉 세월은 허무해.

2004년 10월 26일

柴門

寂然村落獨柴扉　적막한 촌락에 홀로 선 사립문에,
籬柵菊花微笑暉　울타리에 국화도 화알짝 맑구나.
庭除狗鷄家屋守　섬돌아래 개 닭은 놀면서 집지켜,
鵲聲鄉老待孫居　까치 울자 촌로는 손자를 기다리네.

2004년 10월 29일

月精寺

月精明月上空浮　월정사 밝은 달은 상공에 떠있고,
香氣淸流群旅留　향기가 그윽하니 나그네는 멈추네.
山寺誦經無笑對　산사엔 불경소리 웃음의 대화 없고,
寂然風磬獨行修　숙연한 풍경소리 독행의 수양일세.

204년 11월 27일

晩秋降雨

晩秋降雨苦寒催　늦가을 내리는 비 추위를 재촉하고,
飛雁朔風爭走來　기러기 날자 찬바람 다투어 달려오네.
落葉無聲飛散轉　낙엽은 소리없이 흩어져 나뒹굴고,
雪雲促步動心開　눈구름은 걸음재촉 마음을 열어주네.

2004년 12월 16일

放鶴亭

諸賢學友認書家　현인과 벗되어 서예가로 인정받고,
藝道祥雲將筆花　예도의 상스러움 붓꽃을 피워주네.
放鶴漢江還建竪　방학정을 한강변에 또 다시 세웠으니,
在鄕史蹟遺淸華　고향삼아 사적을 선명히 남기고파.

※放鶴亭 : 영등포 여의도 샛강나루터 학이 놀다간 호수 같다는 옛 나루터
고종때 이곳에 방학정을 세웠다 한다.

2004년 12월 16일

時和淸靜

時來運到會相生　때 되면 시운 들 듯 상생으로 뜻모아,
和氣雲峯華世情　화기로 구름피듯 세상 정 꽃 피우세.
淸雅天光祥瑞夢　청아한 하늘빛 상서로운 꿈 이루어,
靜嘉萬事意望聲　고요속에 모든 일 소망을 성원하네.

2004년 12월 17일

獨島韓國領土

獨島萬邦告海東　독도는 만방에 한국영토 알려주니,
倭人妄發畏天空　왜인들의 망발에 하늘이 두렵도다.
主權守護相應協　주권을 수호하며 서로가 화합하면,
國力成長活路通　국력이 성장하고 살 길이 열리도다.

2005년 4월 2일

愛書家

墨香萬里夢遊親　묵향은 만리라도 꿈속에 친절하고,
藝醉海流雲氣新　예에 취해 흐르는 구름인듯 새롭네.
時習晩花勝筆就　늘 배워 늦은 꽃 뛰어나게 이루니,
愛書秀雅志行眞　서예는 우아하니 뜻 행함 진솔하네.

2005년 4월 15일

櫻花賞春客

櫻花情景賞春人　벚꽃놀이 정경에 상춘객 붐비는데,
輪路照明華色神　윤중로 조명은 화색으로 신묘하네.
和氣銀河淸朗靜　화기의 은하수 하늘맑고 고요한데,
群賢香夢夜深辰　군현은 꽃꿈에 밤깊어도 별은 빛나.

2005년 4월 15일

師弟同樂

賢能弟子愛情徒　어진 제자 동아리 사랑으로 대하고,
指導修行孤樂俱　지도하는 수행도 고락을 함께 하네.
時習書家雄筆苦　노력하는 서예가 좋은 글씨 어렵고,
德望師傅遠山途　덕망있는 선생 길 머나먼 길이로다.

2005년 9월 30일

歷史의 샛江 放鶴亭

江邊遺蹟放湖邊　샛강의 자취완연 방학 호진 나루터,
岸畔松林秀麗天　강 언덕의 솔숲은 경치가 빼어나네.
飛鶴歸來遊去處　학이 날아와 놀다 가는 곳이라하여,
壽筵場所鶴亭傳　향연의 장소로서 방학정이라 전하네.

2005년 10월 1일

永登浦驛

京仁湖釜線分岐　경인 경부 호남선의 분기선에 서 보면,
旅客故鄕聲笛馳　나그네는 고향으로 기적소리 함께 하네.
百萬人波流動處　백만의 인파들이 움직이는 곳이라서.
驛前貨店往來熙　역전의 백화점엔 많은 사람 오가누나.

2005년 10월 3일

追憶의 羊馬山

牧羊養馬庶民峯 양 치고 말 기르며 생활하던 서민의 산,
汝矣漢江開發蹤 여의도의 한강 개발 자취만 남았구나.
國會議堂痕迹遺 국회의사당 자리에 흔적은 남았지만,
廣場羊馬歷傳鋒 광장과 양말산은 붓으로만 역사 전해.

2005년 10월 3일

聲望訓導

聲望書院訓長庸 희망 속에 서예교육 떳떳한 일이라,
遠路琢磨眞筆鋒 먼 길도 노력하면 진실은 붓에 있네.
藝道矜持相好意 예도를 긍지삼아 서로가 좋아하니,
樂天墨客善行從 즐기는 묵객으로 선행을 따르리라.

2005년 10월 5일

勉學生活

琢磨教友老師存　탁마하여 교우는 선생의 안부 묻고,
徒弟愛情書藝根　제자들과 애정으로 서예에 근본 두네.
好學樂天勤勉實　공부하기 좋아해 근면으로 열매맺고,
餘生指導墨香村　남은 생 후학지도 묵향촌을 이뤄내리.

2005년 12월 15일

落花

逝天無次防災誰　세상하직 차례없어 재앙을 누가 막나,
寅伏月岩知命悲　무인삼복 월암은 나이오십 떠나갔네.
嶺越去雲幽宅寐　재넘는 가는 구름 유택에 잠이 드나.
雨聲哀悼落花離　비 소리도 애도하듯 낙화되어 떠났네.

※故 梁明浩 靈前 再拜輓

1998년 7월 23일

中國의 黃山

黃山巖壁峻連峯　중국의 황산은 깎아 자른 듯한 험준한 산기슭 이어지는 봉우리,
峽谷傾斜雲氣逢　길고 험한 협곡이 경사진 계곡에 피어오르는 구름을 만나는구나.
石柱自生松獨處　돌기둥 위에 자생하는 소나무가 홀로 살아가고,
萬階夜景絶人蹤　4만개의 계단에도 야경이 되니 사람 발자취는 끊어지노라.

2007년 3월 7일

書家展

香墨書家賢友逢　묵향으로 서가의 어진 벗들이 서로 만나,
殿堂遊藝筆情雍　전당에서 예술의 뜻을 붓으로 정 나눔이 화목하구나.
揮毫龍虎同行席　휘호로 용호가 견주듯 동행하는 자리에,
親展靜嘉和氣鋒　친전으로 평온하니 화기애함은 붓끝으로 이루네.

2008년 12월 25일

牛步千里

肇歲無難文藝望　새해에는 무난사하여 문예의 뜻을 이룸이 희망이요,
牛步千里靜修章　우보천리라 조용하게 수양하며 밝은 이치를 깨닫고,
墨香遊筆和應默　묵향으로 유필하며 화응하면서 묵묵하게,
如鳥數飛時習彰　새가 날 때 많은 날개를 치듯이 시습하면 밝은 날 오리라.

2009년 1월 15일

至道儀

俗世胎生天幸知　이 세상에 태어난 것을 행복으로 알고,
筆緣宿命自矜持　붓의 인연은 숙명적으로 자긍심을 가질지어다.
運行流水清書到　구름 흐르고 물이 흐르듯 맑은 글씨 이루도록,
技藝餘望至道儀　기예의 남은 소망을 참된 길로 알고 본보기가 되리.

2009년 3월 3일

七甲山情景

萬物生長七甲山 만물이 생장하는 유명의 칠갑산,
松林嵐翠氣流環 송림속의 푸른색 상기에 기류는 쌓여있구나.
天庄湖橋青陽靜 천장호 흔들다리는 청양군의 정관이요,
清淨鄕村情景閒 청정지역 향촌의 정경에 한가하구나.

2009년 8월 11일

書文會 會員展

墨香親展友邦韓 묵향의 친전을 우방과 한국의,
文化交流教學翰 문화교류로 교학상장은 붓으로 이루도다.
書道名聲知德曉 서도의 명예와 그 덕을 깨닫고,
曠望和協世情歡 널리 바라보며 화협한 세정은 즐거워하리라.

2009년 9월 5일

杲岡先生任

詩書篆畵得名存　시·서·전각·그림에 득명하여 현존하고,
書刻八能諸友尊　서각 및 팔능에 제우들의 존경을 받고.
藝技聲施千里續　예기에 능한 소리가 퍼져 천리를 이어가고,
杲岡動靜歲功痕　고강님의 움직이는 상황은 해마다 하는 일 흔적이 남네.

2009년 9월 13일

農山先生任

詩書篆畵得名存　시·서·전각·그림에 득명하여 현존하고,
評論八能賢友尊　서예 평론과 팔능하시어 현자들의 존경을 받네.
藝技聲施千里續　예기가 능한 소리가 퍼져 천리를 이어가니,
農山動靜歲華痕　농산님의 움직이는 상황 세월에 흔적이 남네.

2009년 9월 20일

雲海移影

景雲深處鳥鳴情　구름 흐르고 깊은 산속에는 산새 소리 정겹고,
碧海無量魚躍聲　푸른 바다는 무량속에 고기 뛰는 소리 들리네.
桑葉露華飛散淨　뽕나무 잎의 이슬빛은 날아 흩어지니 맑아지고,
老松移影黑光爭　노송 밑에 이동하는 그림자 빛과 그림자가 다투도다.

2009년 9월 15일

獨島愛

韓半自尊獨島强　한반도의 자존심 독도는 강경하고,
黎明東海水平光　동이 트면 동해 수평선위에 한반도 광채가 일도다.
大洋波濤深根確　큰 바다 파도 속에도 뿌리깊이 확고부동하고,
歷史靈魂守護揚　역사속의 영혼으로 수호하며 독도는 양양하리라.

2009년 9월 20일

香中香

清香何者墨香佳 맑은 향기에도 어느 것보다 묵향이 좋아서,
晚學藝文親友偕 만학에 예문에 좋은 친구 되어 함께 하노라.
能筆歲流時習進 능필을 위해 많은 세월에 시습하며 정진하여,
靜修不動淨神皆 마음의 수행에 움직이지 않고 맑은 정신을 다 하리라.

2009년 10월 9일

老師報果

書文緣故老師情 서예가 인연이 되어 늙은 선생의 심정은,
揮筆壯元門下生 휘호대회에서 대상을 문하생이 받았구나.
報果訓長正法敎 지도의 보람을 훈장으로써 바른 서법을 지도하는,
聲施千里藝人評 소리가 퍼져 천리를 가듯 예인들의 평가를.

2009년 10월 11일

高峰春色

高峰翠影鶴望誠　높은 산 그늘 아래서 희망에 정성을 다 하며,
春色青雲歸夢聲　봄엔 청운지망의 고향 가는 꿈 명예를 위하고.
知德錦鄉何事就　지덕에 금의환향은 무슨 일로 이룰고,
淨書深到致成英　맑은 글씨를 깨우쳐 이루어지게 하여 영명을 얻으리.

2009년 10월 17일

松槎

草露人生何處依　초로인생은 어느 곳에 의지할고,
松槎倚體遠望歸　뗏목에 의지한 몸 먼 희망을 안고 돌아가노라.
歲流浮客風聲有　세월 속에 덧없는 나그네 좋은 소식도 있음이요,
運命琢磨成就機　운명은 탁마하여 성취함에 기회가 있으리라.

2009년 10월 17일

看月庵

雲霞落照渡江光	구름과 노을이 지는 햇빛에 강 너울대는 빛이 일고,
看月孤庵波動陽	간월도 외로운 암자는 파도의 움직임에 양기가 흐르네.
成佛衆生海氣道	성불의 중생들이 바다의 기를 받아 도심을 얻고,
淨神曠劫獨尊洋	청결한 마음 넓은 세상의 자기의 존귀함을 넓은 바다로다.

2009년 10월 24일

安眠島

安眠墨客野遊情	안면도에 묵객의 야유회 정겹고,
處所海風勝致晴	가는 곳 마다 바닷바람 불고 좋은 경치에 맑은 날씨요.
清淨松香涼氣起	청정지역의 솔 향기 서늘한 기운 일고,
孤亭綠樹靜嘉驚	외로운 정자 푸른숲에 아름다워 다시 놀랬도다.

2009년 10월 25일

磨墨感

虛無磨墨靜修精　마음을 비우고 먹을 갈며 심신을 수양하며 순수하게,
喜怒淨書和氣清　기쁘고 화가 났어도 맑은 글씨에 화기애하며 맑아지도다.
遠到筆鋒情緒顧　배움의 길은 멀고 필봉으로 희노애락을 되돌아보고,
聲華時節盡誠成　세상 나타남은 시절따라 정성을 다하면 이루리라.

2009년 11월 16일

露華洗心

露華洗雪淨神庸　이슬 빛에 부끄럼을 씻고 맑은 마음 떳떳하게,
鴻筆百年世事鋒　좋은 글씨 백년세사를 붓 끝으로 정진하노라.
晩翠素望精到致　늙어도 시들지 않고 소망의 경지에 이루게 하고,
常存野客就正龍　존재하는 야객은 바른길로 나아가 용두를 바라노라.

2009년 11월 22일

老境

歲華後顧盡誠全 세월을 뒤돌아보며 정성과 진력을 다 했을까,
書藝延長生活緣 서예는 나의 연장 생활의 인연이 되었구나.
能筆如流雲濤煥 능필은 물 흐르듯 구름과 파도가 일고 빛이 나듯,
老師精氣晩暉煙 노사는 정력과 기를 얻어 저녁 햇빛에 운연 일도다.

2009년 11월 25일

友弟

學文賢友熱情諸 학문에는 현우가 있고 열정과 제반사에 노력하고,
師弟律儀人性書 사제간은 율의와 인성이 먼저고 서예를 하라.
長道德行眞意趣 장도의 덕행과 참된 마음에 취향 있어,
善緣正路樂天初 좋은 인연이 되어 바른길에 낙천적 초심으로 가라.

2009년 12월 25일

破物時計

破物掛鐘時計留　고장난 괘종시계는 머물고 있는데,
無情歲月去無休　무정세월은 쉬지 않고 흘러가는구나.
人生行路浮雲若　인생의 행로는 뜬구름 같으니,
遠景黃昏海岸遛　멀리 보이는 황혼이 해안에 머물러 주려나.

2010년 2월 25일

餘生을 爲해

無情歲月白雲行　무정 세월은 뜬구름처럼 가고,
吾等青春花落忘　우리 청춘은 꽃이 지듯 잊어지는구나.
餘命筆痕香夢友　여생은 붓의 흔적에 좋은 꿈 벗이 되어,
善書爲待樂天清　좋은 글씨 위해 낙천가에 맑음이 있으리.

2010년 3월 30일

幸福感

幸福精神生活存　행복이란 정신 생활속에 있음이요,
有無選擇欲望根　있고 없음의 선택은 욕망에 있음이니.
樂天虛實常情就　낙천적으로 허와 실에 일상의 마음으로 이루고,
歲月餘年萬感源　가는 세월 남은 여생은 만감속 있음이로다.

2010년 6월 10일

農村三聲罕

農村兒泣罕聽年　농촌 아이 울음 소리는 수년간 드물게 들리고,
堂上砧聲故絶緣　대청마루 다듬이 소리도 끊어진지 오래일세.
鄉里經書吟誦靜　향리에 책 읽는 소리가 조용해지고,
無風地帶寂然連　평화롭고 안정한 곳에 적막감만 이어지노라.

2010년 5월 8일

雅趣樂道

書藝我師親道希　서예는 나의 스승이요 친구요 길이요 희망이라,
初心素意樂天揮　초심의 본뜻을 낙천적으로 휘호를 하리라.
行雲流水專修勢　구름 흐르고 물이 흐르듯 전수하여 필세를 이루고,
生動氣風雅趣依　생동감 있고 기풍 있는 고상한 취미에 의지하리라.

2010년 6월 10일

望鄉草

朝暉草葉笑搖迎　아침 햇살에 풀잎이 나풀 나풀 웃으며 맞아주던,
追憶遠村想念情　추억의 먼 향촌을 마음의 생각에 정을 느끼노라.
峯綠浮雲香夢歲　산은 푸르고 흰 구름 속에 고향 꿈꾸던 세월에,
望鄉晩景客懷聲　망향 속에 노후가 되니 회포나 풀며 노래나 부르리.

2011년 5월 20일

高松水流

高山松下遠望空　높은 산 소나무 아래서 멀리 바라보니 허공 속에,
江水長流沙灘通　강물은 모래 위 여울과 함께 길게 흘러가누나.
昨夜雨聲花發笑　어제 밤 비 오는 소리에 꽃피며 웃더니,
朝陽風勢落華紅　아침 햇살 새찬 바람 꽃 떨어져 붉은 빛 이루노라.

2011년 7월 23일

淸貧

貧賤不能移就正　아무리 빈천해도 지조를 바꾸지 않고 바른길을 가고,
自身雖賤棄邪生　자신은 비록 천빈하지만 사심의 생활을 버리라.
仰天無恐無慙我　하늘에도 두려움 없고 부끄럼이 없는 자아를 지키고,
庸德餘望世路聲　떳떳한 덕으로 남은 희망에 세상에 나아가 소리쳐라.

2011년 7월 6일

誠實

登高山望海青芬　높은 산에 올라가 넓은 바다를 바라보며 푸르름에서 향기를 찾고,
老鶴萬行路遠雲　늙은 학이 만리의 멀고 먼 길을 구름을 타고 가는구나.
欲速不成常愼重　모든 일을 빨리 하려면 이루지 못함이니 항상 삼가고 조심하며,
天生我有用誠勤　하늘이 나를 냈을 때는 쓸 곳이 있음이라 성실하고 부지런히 살리라.

1998년 6월 30일

尊書藝

書藝諸賢尊技他　서예의 제현들은 타인의 기예를 존중하고,
作家眞意愛情和　작가들은 마음속 애정으로 화애하고.
應聲破壁共生道　소리에 응하듯 벽을 털고 공생하며 정도로 가고,
墨客善行雄筆磨　묵객은 선행으로 훌륭한 글씨에 탁마를 하자.

2011년 9월 15일

落花香氣無

落花香氣遠行無　꽃이 떨어지니 향기도 없어져 멀리가네,
春夢人生哀樂俱　일장춘몽 인생은 희로애락도 함께 하였으리라.
晩景老松華葉樹　노후에는 노송이 생기있는 잎의 나무가 되어,
詩情墨客展望虞　시를 짓는 묵객으로 멀리 바라보니 즐겁구나.

2011년 6월 29일

夢中夢

夢中歲月夢遊希　꿈이로다 가는 세월이 꿈에 희망을 안고,
富貴浮雲不遠歸　부와 귀도 뜬 구름인걸 불원천리 돌아가네.
時刻誰何生老落　때가 되면 누구나 태어나고 늙어 낙화되는걸,
虛行草露顧望依　헛걸음의 초로인생아 뒤돌아보며 의지하라.

2011년 6월 25일

故鄕도 人情도 變하네

時變故鄕生路然　시대의 변화로 고향의 살아감도 변하고,
綠山舊觀水流遷　푸른 산은 옛 모양이고 물은 흘러 바뀌어 가노라.
人情歲月移行理　인정도 세월 따라 옮겨감은 순리이고,
追憶鄕愁遠意連　추억속의 향수는 먼데서 뜻만으로 이어가네.

2011년 6월 22일

活路驚美

生涯所有瞬間追　삶은 소유가 아니며 순간 순간의 추억이고,
永遠全無皆是時　영원한 것이 있는가 모두 한때인 것을.
活路樂天誠實到　살아감은 낙천적이고 성실하면 이루니,
世情驚異美佳移　세정은 놀라움이요 아름다움으로 옮겨가노라.

2011년 6월 18일

伴筆

筆吾同伴墨香情　붓은 나의 동반자요 묵향에 정을 두어,
諸道藝文眞意精　기예의 길은 예문에 참뜻으로 정진하노라.
節制獨行時習致　모든걸 절제하고 독행하며 시습하여 뜻을 이루어,
聲施千里到來明　좋은 소문이 천리를 가듯 다가옴이 밝아지노라.

2011년 11월 15일

歲月痕跡

歲月無常痕跡量　가는 세월 무상한 생애의 흔적을 헤아림은,
人生階級笑容揚　인생의 계급장에 웃는 얼굴 드러내도다.
老顔白髮誰何莫　노안에 흰 머리를 그 누가 막으리요,
餘壽善行天命當　여생을 선행을 하며 천명에 순응하리라.

2011년 10월 30일

獨飛鳥

飛鳥路無孤獨飛 나는 새는 길이 없고 외롭게 혼자 나는 새는,
翔空求伴愛鳴翬 상공에서 짝을 찾는 울음소리와 날개를 치는구나.
巢居棲息前行樂 날짐승도 둥지에 휴식하고 앞으로만 날며 즐기는데,
煩悶人生常備祈 번민속의 인생은 항상 준비속에 바라며 사는구나.

2011년 10월 23일

純然鶴

鶴舞渡來孤獨歸 학은 춤을 추며 건너왔다 외롭게 돌아가고,
純然清節氣勝飛 깨끗하고 청렴결백한 절조 의지가 군세게 나르는 것을.
騷人墨客精修靜 소인묵객으로 조용히 학문을 닦으며 안정하게,
高遠難行聲勢揮 학문은 멀고 어렵지만 성세의 힘을 얻어 휘호를 하리라.

2011년 10월 10일

星雲夜

銀河清曠淨神明　은하수는 맑고 텅 빈곳의 별도 마음이 맑아야 보이고,
靜話星雲親善迎　조용히 이야기하듯 많은 별과 사이좋게 별들 맞이하는구나.
夜景群峰青氣動　밤의 경치는 산봉우리마다 푸른 기운 움직인 듯 하고,
常存相伴野情精　언제나 존재하며 서로 짝이 된 듯 소박한 마음이로다.

2011년 10월 3일

洗册禮

淨書洗册禮儀文　맑은 글씨를 쓰며 책거리 하면서 훌륭한 몸가짐으로,
單字修身勉學勤　한 자 한 자 배우고 수신하면서 학문을 힘쓰며 근면하라.
遠志聲望精進就　원대한 뜻의 명성과 인망에 정진하여 나가고,
刮摩時習到來聞　학문을 닦아 시습하여 이르러 문인이 되어보리라.

2012년 2월 23일

長山樵人

長廣常德善行天　길고 넓은 변함없는 덕과 선행은 하늘의 뜻이요,
山海淨神華美傳　산과 바다처럼 맑은 마음이 아름다움을 전하리라.
樵笛鳥聲鄉夢就　나무꾼의 피리소리와 새소리가 고향 꿈 이루고,
人和正道墨香賢　사람의 화웅과 바른길에 묵향으로 어질게 살리라.

2012년 2월 23일

思鄉夢

登峯盤石臥思鄉　산에 올라 큰 바위에 누워 고향 생각에 잠겨,
天氣碧雲閑散揚　하늘의 기운에 푸른 구름은 한산하게 드날리도다.
流落浮生歸夢憶　타향살이의 덧없는 인생 고향 꿈 추억에 젖어,
煇煌晝眠綠風香　환하게 빛나는 날 쉬고 있는데 상쾌한 바람 향기롭구나.

2012년 2월 18

丁木新年揮毫

龍翔景雲語揮毫　용상경운이란 어구로 현장 휘호를,
放送壬辰明節毛　방송국에서 임진년 설날 모필이 춤을 추도다.
墨客矜持登用欲　묵객은 긍지를 가지고 등용을 하고자 함이,
作家自負擧頭豪　작가는 자기의 가치를 드러냄은 호걸이로다.

2012년 1월 28일 KBS1 신년휘호

沙場樓閣

沙場樓閣確然根　모래 위의 누각은 확연한 뿌리가 있어야 하고,
萬事堅如盤石源　만사는 반석처럼 튼튼한 것은 근원이로다.
執念浮雲勤勉實　뜬 구름만 잡으려 말고 근면 성실하고,
虛張聲勢務望原　헛소문 허세는 버리고 힘써 바램은 근본이로다.

2012년 1월 27일

歲流愛惜

落花愛惜勿蘇生　낙화되었다고 애석해 하지마라, 소생하노니,
時日復開微笑聲　때가 되면 다시 피어 생긋 웃는 소리 들리도다.
何處旅思歸路客　어느 곳으로 가는 나그네 마음은 오가는 길손인 것을,
歲流誰莫靜虛情　가는 세월 누가 막으리요 번거러움없이 정겹게 살자구나.

2012년 1월 20일

龍夢德

靈光龍夢待望龍　은혜로운 빛에 용꿈을 꾸며 대망의 임진년이 밝았으니,
明氣曉天家慶逢　맑은 산천기운이 새벽하늘에 가경이로다.
能動時流精到賴　능동적으로 시류따라 경지에 이름에 의지하지 말고,
和應積德累仁庸　화응하며 인덕이 널리 세상에 미치듯 떳떳이 살리라.

2012년 1월 10일

沙中緣

數萬沙中何故緣　수많은 모래 중에 어찌하여 인연되어,
汝吾親舊笑聲連　너와 나는 친구되어 웃으며 이어가노라.
相望近地依存活　거리가 서로 가까운 곳에 의존하며 활기 얻어,
賢友餘情樂事天　벗과 남은 정 즐겁게 삶은 하늘의 뜻이로다.

2012년 1월 8일

朝夕變

朝發夕消喇叭花　아침에 피고 저녁 때 꽃이 지는 나팔꽃과,
黑朝暮白髮風砂　아침에 검고 저녁때에 백발이라 바람 앞에 모래같구나.
人生草露共存善　초로인생을 함께 도우며 살아가며 선을 남기고,
和氣通天敬愛嘉　화기통천에 존경하고 사랑하니 즐거움이 있으리라.

2012년 1월 6일

不還의人生

季節歸來天理循 계절이 돌아오는 것은 천리의 순환이요,
青春過去不還人 돌아간 청춘은 되돌아오지 않는 것이 인생이로다.
無情歲月無休往 무정한 세월은 쉬지 않고 가는데,
晩景老松風靜春 늦경치의 노송은 바람이 고요한데 봄을 맞는구나.

2012년 1월 3일

筆路靜

景雲錦布墨光花 상서로움에 비단 펴놓고 묵광이 꽃피우니,
筆路歲過佳夢嘉 붓 날림새는 가는 세월에 좋은 꿈 즐기도다.
雅麗橫書和氣靜 아름다운 글이나 글씨에 화기가 평온한데,
刮摩遊藝曉星華 학문에 예문을 즐기는데 새벽별이 빛나도다.

2012년 3월 20일

雲錦鶴舞

雲煙刮目靜修源　훌륭한 글씨에 괄목함은 학문과 덕이 근원이요,
錦綺揮毫墨客痕　비단에 휘호하니 묵객의 흔적을 남기도다.
鶴首待望時歲顧　기다리며 대망의 세월을 뒤돌아보면서,
舞文弄筆智能坤　붓 놀림 희롱하노니 지식과 재능은 대지의 덕이로다.

2012년 3월 22일

華不再揚

和春花月麗顔光　화춘시절 꽃에 비친달은 아름다운 얼굴이 빛나고,
柳綠美紅草笛鄕　봄의 아름다운 경치에 풀피리 소리가 향수에 젖는구나.
華不再揚流歲落　떨어진 꽃은 다시 붙지 않고 가는 세월은 낙조가 되고,
浮生雲散翠煙翔　덧없는 인생은 구름이 흩어지듯 푸른 연기되어 나르도다.

2012년 4월 3일

刮目相待

刮摩晩到煒煌揚 학문을 닦아 늦게 이르러 환한 빛으로 양명하여,
目笑清華動靜翔 맑은 눈 미소에 깨끗한 꽃이 피듯 활동함에 따라 비상하리라.
相好共存常度設 상호간 공존하며 평소의 태도로 앞장서 베풀며,
待望雄筆琢磨香 바라고 기다린 웅필의 그날까지 탁마하여 향목이 되리라.

2012년 3월 3일

古松香

博文約禮德聲誠 학문을 알고 예절을 지킴으로 유덕과 명성에 정성을 다하여,
香氣古松華美清 향기의 고송이 되어 곱고 아름다운 맑음이 있으리라.
單字修身施展善 학문으로 몸을 수련하여 베풀기를 펴고 선행을 하며,
意望廣遠筆緣精 마음속 소망은 넓고 멀음이니 붓의 인연되어 정진하겠노라.

2012년 3월 5일

萬物生光

新春希願瑞雲來 새 봄에는 희망과 상서로운 구름이 오는데,
萬物生光天氣開 만물은 생광하니 하늘의 기운이 열어주도다.
峯越海逾風吹弄 산을 넘고 바다 건너 불어오는 바람이 희롱하듯,
和顔微笑發花催 내 얼굴에 미소지으며 피는 꽃을 재촉하노라.

2012년 3월 11일

筆華靜樂

筆翰如流線美清 운필이 물 흐르듯 같고 선이 아름답고 맑음이요,
畫宣墨灑淨書生 화선지에 먹을 뿌리듯 맑은 글씨 생동감 있구나.
靜嘉文藝矜持素 고요하고 아름다운 예술의 긍지와 소망을 갖고,
樂事愛情深到誠 즐거운 일에 애정으로 심도에 정성을 다하리.

2012년 3월 27일

季春雪

季春寒氣自然從　늦봄의 찬 기운에 자연의 현상을 따르니,
降雪枯花地嶺東　눈이 내려 마른 나무에 영동지방에는 눈꽃 피었네.
時節紅梅開處笑　때는 되어 매화는 곳곳에 피어 웃어주고 있건만,
鄕村香夢鴈歸風　향촌의 향몽 속에 돌아가는 기러기에 봄바람 이네.

2012년 4월 7일

草頭露

泥田鬪狗總選揚　니전 투구 총선의 현장 속에,
權勢草頭露發揚　권세는 오래 가지 못함인데 기세를 드러내도다.
治道議論知德理　정치의 도는 의논하고 지와 덕으로 다스림이요,
初聲爲政始終剛　첫 소리 하듯 위정자는 시종으로 강직하라.

2012년 4월 11일

獅子峯落照

海南土末葛頭山 해남 땅끝마을 갈두산,
獅子高峯落照顔 사자고봉의 빛에 붉그레한 얼굴.
天氣銀波紅錦弄 하늘의 기운에 은파는 붉은 비단으로 희롱하고,
雲霞片月遠望還 저녁노을에 조각달은 멀리 돌아가노라.

2012년 4월 20일

老家長

家長賢婦怒聲裳 한 가장은 현명한 부인 성난 소리에 다홍치마 생각나고,
顔色晩年詳察綱 아내의 안색을 늦바탕에 살피니 삼강오륜은 어디 갔을까
安居黃昏哀話告 한 지붕 아래 황혼의 슬픈 이야기라 하고,
餘生活戰散雲光 여생은 삶의 전쟁이요 구름 흩어지면 광명이 올까나.

2012년 6월 5일

勝地茅亭

青松香氣景光華　푸른 소나무 향기에 경광이 화려하고,
勝地茅亭建樹嘉　경치 좋은 곳에 모정을 세움은 즐거운 일이로다.
秀麗天空磨墨樂　수려한 천공아래 먹을 갈며 즐거워하는데,
鳥聲雲客筆花佳　산새 소리와 운객은 붓꽃피우니 아름답구나.

2012년 6월 23일

波濤歲月

刮摩晩就筆花揚　학문을 닦아 늦게 이루어 붓 꽃피워 드러내노니,
波濤歲華遠到望　파도치는 세월에 배움의 길은 멀지만 희망을.
書協審査斜景顧　서협 심사를 하고나니 기울어진 내 인생을 되돌아보고,
聲施千里靜修常　좋은 평판이 퍼져 천리를 가노니 조용히 수양하며 일상으로 가리.

2012년 9월 20일

龍門寺銀杏木

千年銀杏龍門開　천년의 은행나무 용문사를 열어주니,
記念新羅太子哀　천연기념은 신라 마의태자 애환도 잠겼구나.
義湘大師根錫杖　의상대사의 지팡이 꽂은 뿌리에서,
發芽傳說自然來　싹이 나와 자랐다는 전설에 자연이 내려왔구나.

2012년 10월 24일

南山巖

南山巖席遠天留　남산의 바위에 자리하니 하늘은 멀리 머물러 있고,
雲路漢江數百流　구름은 오가고 한강물은 수백리를 흐르노라.
秋景夜霞情致氣　추경의 저녁노을 정치에 화기가노니,
月光樹海戀人遊　달빛에 울창한 산림속에 연인들은 즐기노라.

2012년 10월 25일

汝矣島祝祭

櫻花祝祭島黃金　봄을 맞아 서울을 상징하듯 벚꽃 축제 황금섬 여의도,
春客輪中滿悅欽　상춘객은 윤중로에 만족하여 즐기며 기뻐하노라.
江畔波光人海漢　한강변에 물결이 반짝이듯 인산인해의 한강수야,
斜陽和氣笑聲琴　석양빛에 화기애애한 웃음소리가 화락하여 즐거워하네.

2013년 3월 21일

尊敬과 尊重

年長尊敬配慮誠　윗사람을 존경하고 배려하는 마음 성실하노니,
乾性德行善美情　메마른 인성에 덕행으로 착하고 아름다운 정이로다.
慈愛尊重生路道　아랫사람을 사랑하고 존중하는 마음은 살아감의 도리요,
共存常度疏通聲　서로 공존하며 항상 지켜야할 도리에 소통함은 사람의 소리로다.

2013년 4월 25일

望鄕歸夢

望雲遠意靜思追 고향의 부모를 먼 곳에 있는 마음에 조용히 생각하며 추억을 남기고,
鄕客無常草露時 향촌에 손님이 된 나는 인생무상 초로시절 같구나.
歸路華顔流歲髮 귀로에 서보니 꽃다운 얼굴은 세월이 흘러 백발이 되어,
夢中浮世獨前馳 꿈같이 덧 없는 인생이 세상에서 혼자 앞을 보며 달려왔구나.

2013년 5월 30일

浮石寺

鳳凰山翠氣無量 봉황산 푸른 기운에 세워진 무량수전,
浮石寺千年刹揚 부석사는 천년사찰로 드날리도다.
傳說禪扉花草綠 전설의 꽃 선비화는 초록빛이요,
義湘師錫杖餘香 의상대사의 석장은 오랜세월 남은 향기로다.

※전설의 꽃
조사당(祖師當) : 처사 밑에서 푸르게 자라고 있는 나무. 전설의 꽃
선비화(禪扉花) : 꽃담초로 의상대사가 중국에서 가져와 짚고 다니던 지팡이를
꽂아 놓아 자란 것이라고 함.

2013년 11월 7일

幸福聲

健康天命壽嘉生　건강함은 하늘의 수명에 장수는 즐거운 삶이요,
善德名譽幸福聲　선덕행으로 명예는 행복의 명성이로다.
富貴廣虛望海慾　부와 귀는 넓은 허공과 바다 같은 욕심이요,
現時精進謝恩誠　현재 하는 일을 은혜와 감사에 성심을 다하라.

2013년 3월 24일

鷺柳江邊

鷺柳江邊汝矣津　노들강변 따라가니 여의나루 다다르네,
愛人黃布事緣輪　사랑과 뱃길 따라 사연담은 윤중로에 이르도다.
櫻華春光杯祝滿　줄지어선 벚꽃 봄빛아래 축배 한잔에 만끽하고,
街路連翹美笑親　길가변에는 개나리꽃도 웃으며 사랑하네.

2013년 3월 31일

落花된 輪中路

軟粉紅落散光翔　연분홍빛 낙화되어 흩어져 빛을 이루어 반짝이고,
街路雪華飛花香　가로수 꽃 아래 눈꽃되어 날리는 꽃은 향기롭다.
花葉戀人徐步弄　꽃잎이 떨어진 위에 연인들이 거닐며 즐기고,
輪中綠樹列希望　윤중로에 열지어선 푸른숲에 희망이 솟네.

2013년 4월 1일

生路香氣

花葉落然香氣無　꽃잎이 떨어진다고 향기가 없어지나요,
歲流晩翠曠望途　세월이 가도 푸르듯이 희망을 안고 길을 가도다.
晴空景雲生路識　창공의 좋은 구름은 인생의 생로를 알고 있으리,
過客動靜天命呼　지나가는 나그네의 동정은 하늘의 부름에 즐거우리.

2012년 12월 31일

阿利水

波紋阿利水千年　물결이 반짝이는 아리수는 천년세월 흐르고,
情景柳枝青翠邊　좋은 경치는 버들가지 푸른 기운에 한강변은 반짝이로다.
發展漢陽雲集屋　발전된 한양에 운집되어 있는 높은 집들,
衆生和氣疎通聲　많은 사람 화기애하고 소통에 성원하노라.

2013년 5월 30일

風搖開花

動搖花發靜閑晴　흔들리지 않고 피는 꽂 있으랴 조용하고 맑음만 있으리,
風雨暑天勁草英　비바람에도 더운 날에도 굳센 풀이되어 꽃이 피노라.
海岸深根松葉翠　해안의 해풍에 뿌리 깊은 소나무는 푸르고,
生長萬物現在爭　나서 자람의 모든 만물은 현존함에 있어 경쟁이로다.

2013년 6월 8일

海松深根

海風花樹自生存　해풍에도 꽃과 나무는 자생하여 생존하고,
松草寄生岸壁坤　소나무 잡초가 기생하는 안벽은 대지의 힘이로다.
深谷景雲溪畔倒　깊은 골짜기 서기 찬 구름이 산골 물에 비치고,
根源青葉影流痕　나무뿌리 푸른 잎은 계곡물에 그림자 흔적이 남네.

2013년 6월 10일

長城郡扁栢林

長城統理治山蒼　장성군에 박정희대통령 정성된 치산으로 푸르고,
扁柏密林狹路行　편백나무는 밀림지역되어 오솔길을 걸어가노라.
深谷青氣雲樹弄　깊은 계곡 푸른 기운에 구름이 닿을 정도 나무가 희롱하고,
栢香勞苦靜安鄉　편백나무 향기에 노고가 풀리고 편안한 향촌이로다.

2013년 6월 30일

白羊寺

老松靜黙寺深青	노송은 조용히 말이 없듯이 사찰 내에는 짙은 푸른빛 돌고,
清淨光華鶴舞亭	청정지 빛나는 기운에 학이 나르듯 정자가 서 있구나.
景致陽風雲散越	산수풍경은 솔솔바람에 구름은 흩어져 재를 넘고,
綠羅松翠夏天徑	녹색비단 푸른 단풍나무 숲이 여름 하늘아래 길이 열리도다.

2013년 7월 1일

生時와 殞命

生時認識衆生根	태어난 시간은 알면서 사는게 중생의 근원이고,
殞命未知活動存	사람의 운명을 알지 못하고 활동하며 존재하노라.
長壽百年斜月影	수명은 백여년이면 기울어진 달그림자 뿐인데,
天和雲路霧晴坤	하늘의 기운에 구름의 길 안개와 맑음은 건곤이로다.

2013년 7월 10일

頭韻散文詩

丁夜戊寅冬節生　한밤중 무인 범띠가 엄동설한에 태어났으니
木魚龍化歲寒精　목어가 용이 되듯이 먼 세월을 두고 정진하리라
姜孫裸跣胎姓得　강 문중 후손으로서 알몸으로 태어나 강씨를 얻었고
世上曉光虎嘯驚　세상 속의 새벽녘 범의 으앙소리에 놀래며
煥然雄筆鶴望聲　맑고 훌륭한 모양의 웅필의 바램은 명성이로다

2025년 2월 10일

人生驛

世緣行路里程無　세상의 인연이 되어 살아가는 길은 이정표 없는 길이요
草野人生定處孤　초야의 인생은 정한 곳 없이 떠도는데 외롭구나
旅客晚陽終驛遠　나그네는 석양빛의 인생 종착역은 머나멀고
暮雲朝露歲華俱　저녁구름과 아침이슬 같으니 세월의 꽃이라 함께 갑시다

2024년 8월 16일

浮雲朝露

黃昏來到世終知　황혼이 다가오면 인생이 끝나는줄 알았는데
眞智藝文筆致持　지혜와 예문에 뜻을 얻어 쓰는 글씨에 긍지를 갖도다
去歲杜無斜照執　가는세월 막을 수 없고 지는 해를 잡을 수 없어
浮雲朝露樂天涯　뜬구름 아침이슬 인생 천명을 즐기며 생애를 다할지어다

2024년 7월 21일

人生百歲難

人生百歲得難浮　인생은 백세를 이루기가 어려운데 부초같은 인생아
晚學老來少第留　늦게 배우다보니 늙음이 왔는데 마음은 젊음에 머물고 있네
天命順應千計夢　천명을 순응하며 사는데 삶의 천년 계획은 허무한 꿈이요
悠陽望遠世年流　해는 지는데 멀리서 바라보며 가는 세월이 흘러가도다

2024년 7월 18일

人生旅情

草露風霜旅客微 초로인생 풍상을 겪은 허무한 나그네는 쇠약해지고
雲峯飛散翠山輝 구름은 날아 흩어지는데 푸른 산은 밝아 빛이 나고
浮生米壽昏多事 덧 없는 인생 88이 되어 황혼인데 할 일은 많구나
歲月無常我處歸 세월은 무상한데 나는 어느 곳으로 돌아갈거나

2024년 5월 23일

青龍氣象

青龍氣象遠黎明 청룡의 기상을 안고 원대한 희망의 빛이 오네요
嘉慶諸賢瑞世榮 좋은 시절 만나 제현들은 상서로운 세상 영화를 누리리
祥夢聲望時歲就 좋은 꿈 바라는 바 명성과 성망의 때를 만나 이루고
書生斜月樂天誠 서생은 노년의 인생을 낙천적으로 지성을 다하리라

2024년 4월 12일

歲流不離脫

歲華誰某脫離應　가는 세월 누구도 벗어나지 않고 순응을 하며
生老自然順理仍　생로병사는 자연의 현상으로 순리를 따라가노라
無去老來留不季　늙음이 오면 갈 줄 모르는데 계절은 머물러주지 않고
飛雲難再衆生昇　떠도는 구름은 다시 보기 어렵듯 중생들은 승천입지하노라

2023년 7월 5일

樂天知命

樂天知命順應祥　하늘의 뜻을 살피고 알아 즐기며 순응하면 복이 오나니
晩節德行枯樹香　노년 덕행을 하노니 마른고목에도 향기가 나도다
三樂詩書生教學　노생의 삼락은 시와 서예 문하생을 가르치고 배움이요
靜修不息雅儒藏　학문을 닦고 쉬지 않으며 바른길을 행하는 선비를 마음에 품도다

2023년 7월 2일

枯樹生華

歲流何執老衰顔　흐르는 세월 누가 잡으랴 노쇠하고 주름진 얼굴에
落莫虛無世變攀　마음이 쓸쓸하고 허무하지만 세상의 변함을 휘어잡고 싶구나
枯樹生華天德氣　마른나무에 꽃이 피듯 하늘의 덕이 있으니 사기를 꺾지 말고
停留歲月後悔還　머무르지 않는 세월 후회하지 말라 되돌아오지 않으리

2023년 6월 30일

老儒

作詩雲鶴獨飛淸　시 한수에 구름 위 학이 되어 홀로 나르듯 외롭고 청순하며
教學墨書愛弟情　가르치고 배우며 붓글씨를 사랑하는 제자들과 정도 나누고
儒老筆華聲勢善　늙은 선비는 필화를 이루며 명성과 여세로 선행을 하고
餘生道藝樂天誠　여생을 도덕과 예문으로 천명을 즐기며 정성을 다하리라

2023년 6월 29일

斜照

晩成雄筆墨香賢　늦게 이루어 웅필로 묵향속에 어진 사람되고
樂壽無難暮歲傳　즐겁게 살며 무난의 노년세월을 전하고 싶구나
斜照聲望鄰好笑　노년에는 더욱 빛나게 성망을 이루어 이웃을 사랑하고 웃으며
野翁時習素行仙　소박한 노인은 시습하며 분수에 맞는 행동하며 선비가 되리라

2023년 6월 28일

鷺谷佳人逸松

嶺抹樓朝鷺谷望　산마루의 아침햇살은 로곡 마을에 희망이 솟네
雲遊堂室翠屛鄕　흰구름 놀고 있는 당실에는 푸른산이 병풍을 이루어 향촌이로다
觀音山氣家聲德　관음산의 정기를 받아 가정의 명성을 얻어 덕을 이루며
綠水淸風常樂祥　녹수에 맑은 바람 일어 항상 즐겁고 상서로움을 이루리라

2022년 8월 23일

黑虎

黎明黑虎曉光祥	여명에 흑호의 해가 새벽의 햇빛에 상서롭고
虎嘯風生躍動翔	영웅이 때를 만나 떨쳐 일어나듯 약동하며 날고 싶도다
墨客野人時晩翠	묵객이 되어 야인은 시습하며 늙어서도 변하지 않고
餘望雄筆歲華揚	여망은 훌륭한 글씨로 가는 세월을 드러내고 싶도다.

2022년 7월 1일

老境感情

歲華流水我人生	가는 세월에 흐르는 물 같은 내 인생아
風動寒心情緖傾	부는 바람 한숨 소리에 희노애락에 기울어졌도다
斜影晩年模襲若	저물어가는 해는 노년의 내 모습 같은데
少時老境感知評	젊은시절에는 늦바탕의 느낌을 안다고 평하겠는가

2021년 11월 27일

不知字劃

操筆歲流傘壽過　붓 잡은지 어언간 세월이 흘러 80세가 지났는데도
不知字劃質彬磨　알지 못하는 글자의 획을 터득하며 문질에 마탁하며
學書時習無端藝　글씨의 배움은 학이시습해도 끝이 없는게 서예의 길인데
道遠斜陽識見羅　갈 길은 멀고 해는 기우는데 어느 때나 식견을 펴볼거나

2022년 1월 11일

千態萬象

朝暉閑靜曉光華　아침 해는 조용히 새벽 햇빛이 화기애하고
斜影壯觀慶瑞誇　해질 때는 장관을 이루고 경서에 자랑스럽구나
世上胎生安宅啼　세상에 태어날 때는 안정된 집에서 울면서 태어나고
別離萬象遺香霞　이별할 때는 천태만상의 남긴 미덕은 저녁 노을이로다

2021년 12월 31일

食卓花甁

暫時休息去人生　한 세상을 잠깐 쉬었다 가는 인생사
隣友因緣友愛情　이웃과의 인연이 되어 우애로 정을 나누어가는데
食卓少花甁老藥　식탁에 젊어서는 꽃병이 놓였고 늙어서는 약병이 놓였구나
哀歡暮歲餘年精　애환 속에 저물어가는 세월의 여생을 정진이나 하며 살자

2021년 11월 30일

秉燭夜行

晩來學者藝文書　늙어서 학문을 배우려고 예문에 입문하여 서화를 하니
秉燭夜行友好如　촛불을 들고 밤길을 걷듯 좋은 친구 만난 것 같구나
嶺抹落暉華髮顧　영마루에 저물어가는 해를 보며 늙어감을 되돌아보니
野情進就歲寒餘　소박한 마음으로 진취성 있게 노년에 여유를 가져보리라

2021년 7월 20일

靜黙

常時筆墨布陣書 어느 때나 필묵이 항상 준비되어있어 글씨를 쓸 수 있으며
老後好親靜黙餘 노후에는 좋은 친구요 고요하고 묵묵함이 여유가 있구나
相對獨行書畫趣 상대와 활동하는데 혼자 행함은 서화가 취미생활에 제일 좋고
墨香高雅歲華虛 묵향에 젖어 고아한 생활에 가는 세월 허무감을 느끼네

2021년 7월 13일

寒林日暮

寒林日暮白雲歸 차가운 숲속에서 날은 저물어가는데 흰 구름만 돌아가네
霞散朔風孤雁飛 노을은 흩어지고 삭풍은 부는데 외로운 기러기 날아가는구나
流歲野翁喜怒樂 세월은 흘러 소박한 노인이 되어 희로애락을 느끼며
藝文遠到達人稀 예문을 위해 학문은 한없이 깊고 먼 데 달인은 드물구나

2021년 5월 27일

誰無過

誰無過悔改人生	어떤 사람인들 허물이 없으리오 회개하며 사는 게 인생이라
根本精神詐僞醒	근본의 바탕이 되는 마음을 속이지 말고 자기의 잘못을 깨달으며 살고
庸德仰天無恥我	떳떳한 덕으로 하늘을 우러러봐도 부끄럼 없이 산다고 서생부터 행하며
清新常道靜虛正	맑고 새로움으로 사람이 지켜야 할 도리에 번거로움 없이 바르게 살라

2021년 2월 9일

雜草

風霜雜草路邊强	풍상에도 잡초는 길가에서도 생명력이 아주 강하구나
美好和顔愛着香	아름답다고 환한 얼굴로 누가 애착심으로 초향을 느껴줄까
搖風草頭微笑弄	풀잎 끝이 흔들리고 나부끼며 미소를 지듯 희롱을 해도
誰何無視發花揚	누구 하나 눈여겨보지 않아도 풀꽃은 피어 자긍심을 드러내는구나

2021년 2월 7일

微笑茶

親舊多難微笑茶　친구여 어려운 세상 웃으며 차 한잔 하세
華年斜影海流遐　우리 젊음은 석양빛 해류에 멀어지고
浮生頭擧黃雲鶴　덧없는 인생 머리들어보니 구름속에 학이 나르듯
無所有人友愛嘉　빈손으로 가는 인생 마음껏 정 나누며 살아가세

2021년 1월 24일

飛動草書

草書飛動氣風精　초서는 날아 움직이는 인간의 특징하는 감정을 정력으로 다하므로
線質璘彬筆致生　선질이 옥체 빛이 교차하는 글씨의 솜씨가 생동감 있게 하고
遠到驚龍難得藝　학문의 조예가 깊으면 용이 놀라 움직이듯 얻기 어려운 예술이요
墨痕登涉素望聲　묵흔을 위해 산도 오르고 물도 건너듯 평소 바램의 성망을 이루리다

2021년 1월 16일

爐邊情談

爐邊情談栗煨追	정 나누는 화로가 정다운 밤을 구워먹으며 미담의 아름다운 추억
索綯舍廊單子卮	새끼 꼬며 사랑방에서 제사댁 단자를 보내면 떡과 술잔치가 되는구나
雪夜親知蒸餠婦	눈 내리는 밤 친지모임 김나는 호박떡을 먹으며 즐기는 우리 엄마들
門風燈盞草家誰	문풍지 바람에 등잔불이 흔들리던 초가삼간 생각나는 옛날이여

2021년 1월 5일

素望歲暮

素望書藝所存開	평소 바라던 서예연구소를 2020.11.1. 간판을 걸고 문을 열으니
粥抹高層成就杯	죽마루 고층빌딩에 마련되어 성취하였으므로 축배를 드노라
斜影筆華精進致	저물어가는 서생은 붓꽃을 피우기 위해 정진하여 이르게 하고
舍廊教學琢磨材	사랑방에서 교학상장하며 학문과 덕행으로 재능을 이루어보리라

2020년 12월 30일

雪中杜鵑花

杜鵑花發雪天然 진달래꽃이 피어 반기는데 흰 눈 내리는 것은 하늘의 뜻이요
冠岳山陽地路邊 관악산의 양지쪽 삼막사 등산로변에서 반겨주네
枝樹六花佳麗笑 나뭇가지에 흰 눈꽃이 산수가 아름다움에 빙그레 웃네
雪飛松葉勝情遷 흰 눈이 소나무 잎에 쌓이는 것을 보니 즐거운 마음 새롭고나

2020년 12월 25일

雅號

虎生萬頃丁木譽 무인생으로 태어나 당호 만경야인 아호 정목으로 예망을 이루며
得號毫端敬愛書 아호를 얻었으니 호단으로 존경과 사랑받는 서예가를 이루어보리
墨客野望精進意 묵객으로서 야망을 갈고 열심히 정진하여 뜻을 이루고
靜修美德筆痕餘 조용히 학문을 닦으며 미덕으로 필흔을 남겨보리라

2020년 12월 15일

素望精進

時和歲月去家人　태평성대에도 세월 따라 가는 게 우리인생이요
富貴欲塵競爭隣　부와 귀는 욕심을 버리지 못하고 경쟁하며 이웃과 동행하네
不老長生無實說　언제까지나 늙지 않고 오래 산다는 것은 사실이 어렵기에 설화같고
素望精進德行眞　평소 바램으로 정진하고 덕행을 행하며 참되게 살지어다.

2020년 12월 5일

野菊花

秋聲嶺下徑途花　가을바람소리 산기슭에 좁은 산길에 갈대꽃피고
野菊高雲散發華　들국화 높은 구름이 흩어져 피어나니 화려하구나
山抹錦楓神秘感　산마루에 비단 단풍에 신비스러움이 감흥스럽고
情懷瑞氣絶勝嘉　정서와 회포를 풀며 상서로운 기운에 좋은 경치 아름답구나

2020년 10월 22일

粥抹樓

市場舊路泥濘鄉 영등포 중앙시장 옛날 길바닥이 진흙탕길을 오가는 향리였도다
粥抹樓長靴步行 죽같이 질다 해서 죽마루라 하였으며 장화신고 보행하였다 하노라
開發高層華麗都 재개발로 고층빌딩이 들어서고 화려한 도시로 발전되었구나
展望書室別號揚 전망 밝은 서예실 건물 죽마루 빌딩을 당호로 정해 드러내보리라

2020년 10월 1일

改過遷善

賢妻長壽卒廚湔 어진 마님은 80이 넘어도 주방을 졸업 못하고 설거지를 하며
逢我苦情後悔遴 나를 만나 고생하며 마음까지 괴롭혀 후회하고 가엽다 하리오
晩景改過誠信愼 노후에 잘못을 뉘우치며 참된 마음으로 후회하고
餘生恩愛老來宣 남은 여생을 은혜와 사랑으로 대하고 늙어가면서 덕을 베푸리라

2020년 9월 19일

葉變氣

鴈聲葉變氣凉知　기러기 소리에 나뭇잎이 변하니 서늘한 기운을 알려주네
季節顧望鶴髮誰　계절 따라 뒤돌아보니 머리가 하얘졌구려, 누가 알까요
時歲衆生漸近老　흐르는 세월 따라 언젠가는 우리도 점점 늙어가겠지
高山嶺上暮雲奇　높은 산마루에 저물어갈 무렵 흰구름이 아주 기려하구나

2020년 9월 28일

未完成

歲流微醉片雲浮　흐르는 세월 따라 술에 취하여 하늘보니 흰구름 한조각 떠가네
親舊殘杯煩劇休　여보게 남은 잔을 비우고 아무리 바쁘다해도 놀며 쉬었다가세
世事誰何完好幾　세상사 어느 누가 완벽히 갖춰진 훌륭함이 몇 사람 될건가
未成生路淨神遊　미완성으로 살아감에 청결한 마음으로 즐겁게 지내며 가세

2020년 9월 24일

歲月不來

青春滯在露生催　내 청춘은 항상 머물러 있을 줄 알았는데 초로인생이 재촉하네
季節還來歲不來　계절은 돌아오는데 지난 세월의 청춘은 다시 오지 않노라
霞徑嶺雲斜影晩　노을은 먼 산길 영마루에 구름꽃이 그림자 기울 듯 늦바탕이 되었구려
虛無天命顧望開　허무한 인간사 천명으로 알고 지난날을 살피며 마음을 열고 살리라

2020년 9월 22일

暮愁

落霞徒步舊遊思　저녁노을 밟으며 걸으니 뛰어놀던 옛친구 생각나고
何處住居暮愁追　어느곳에 살고 있을까 해질 무렵 쓸쓸하니 추억에 잠기네
孤寂喜哀佳友感　외롭고 쓸쓸함에 희노애락 좋은 친구 감회를 느끼게 하고
餘生過歲盛衰黎　여생의 묵은 해를 보내며 성함과 쇠퇴하노니 여명은 다시 오도다

2020년 9월 13일

追憶情談

晴雲秋月淑姿花　구름 한 점 없는 맑은 가을 달빛 아래 숙녀의 자태가 꽃다워라
松徑愛情照露華　소나무 오솔길 정담을 나누니 반짝이는 이슬 꽃이 반겨주네
少節數年婚配憶　젊은 시절 수년간 사랑의 꽃이 펴 부부가 되어 추억을 남기고
歲流米壽德行嘉　세월이 흘러 어느덧 미수를 앞두고 덕행으로 아름답게 살리라

2020년 9월 12일

難秋迎

强風豪雨亂秋迎　태풍에 집중호우로 어지러운 가운데 가을을 맞네
天變萬邦疾患驚　천변으로 만방에 코로나19 극성에 놀라는구나
凉氣淸聲鄕信稔　서늘한 기운 맑은 바람 소리에 고향 소식은 곡식 익어가니
時和歲豊地神晴　태평 성대에 풍년이 오듯 지신이라도 돌봐 맑은 날 오리라

2020년 9월 9일

自然과 人間事

萬花爭麗自然相　수많은 꽃은 아름다움을 경쟁하지 않고 자연 세계는 서로 웃고
華美矜誇微笑香　곱고 아름다움을 자랑하면서 미소를 지으며 향기를 내는구나
人事競爭榮達慾　인간사는 서로 경쟁하면서 자기의 영달만 위하며 과욕 말고
善行常道配慮張　먼저 선행을 하고 상도를 지키면서 남을 배려하며 베풀지어다.

2020년 5월 23일

暮霞人生

步行顧省暮霞生　걷다가 뒤돌아 살피니 어느덧 저녁노을이 된 인생
哀樂廻旋墨客聲　희노애락에서도 돌고돌아 묵객으로 명성을 이루어보리라
高嶺渡江流歲老　높은 고개도 넘고 강도 건너는 동안 세월 흘러 노익장이 되었구나
顧望進就熱情精　뒤돌아보지 말고 성취하는 날까지 열정적으로 정진하노라

2020년 4월 30일

春雨降

無聲春雨散離沙　소리 없이 봄비는 내리는데 흩어져 떠가는 모래먼지야
蒼嶺青空靜氣華　푸른 산봉우리 맑은 하늘의 고요한 기운에 맑고 청화 하구나
明快江山風月秀　맑고 말끔하며 좋은 강산에 자연 풍경이 뛰어나고
雲捲翠葉快晴嘉　구름 걷히고 푸르른 나뭇잎과 쾌청한 날씨 아름답구나

2020년 4월 25일

麥嶺

苦難麥嶺活農村　고난을 겪은 보릿고개는 농촌 생활이 가장 어려운 때요
布穀飢鳴野話論　봄에는 뻐꾸기도 배가 고파 운다는 야화가 있도다
未麥絶糧艱苦餓　햇보리에 식량은 떨어지고 곤궁 가난에 먹을 것이 부족한데
春窮運動歲豊源　춘궁기 시절 새마을운동정신에 세풍의 근원이 되었으리라

2020년 4월 23일

麥路

麥浪風動徑庭斜　바람에 보리 이삭이 춤추듯 움직이는 보리밭 길은 경사지로다
雌雉疾風畔散華　꿩 한 쌍 질풍같이 달려 밭두렁에 흩어지니 좋은 봄철이로다
麥隴愛情傳野話　보리밭은 젊음의 애정을 나눴다는 추억의 야화를 전하고
春遊雲雀靄然花　봄 놀이에 종달새 울고 아지랑이 피어 오르니 꽃 피는 시절이로다.

2020년 4월 21일

側柏樹

藩籬側佰綠林籬　울타리의 측백나무는 항상 푸른 나무의 울타리
降雪冬期翠葉姿　눈 내리고 동절기에 푸른 잎에 그 같이 자태를 뽐내도다
君子氣風松側葉　군자의 기풍은 소나무 측백나무처럼 우뚝 서 기백을 갈고
賢能無敵德望慈　현능한 자는 적이 없고 덕망으로 자애로움을 행할지어다

2020년 4월 15일

正善無恥

諸般感謝憾情偏 모든 일에 감사하며 언짢은 생각 말고 편애하지 말라
生活怨望敬愛賢 생활하는데 남을 원망치 말고 경애하며 어진 자가 될지어다
基本良心邪念棄 자기의 기본 양심을 속이지 말고 올바르지 못한 생각 버리고
餘生無恥善行先 남은 여생 부끄럼 없이 살며 선행을 먼저 생각하라

2020년 4월 6일

樵童追憶

春窮穀草野童樵 춘궁기 곡식도 짚도 떨어지고 시골 아이는 나무지게 작대기 메고
親舊後山草採凋 친구들과 뒷산에 가 잡초 뿌리 캐어 흙을 털어 말려 불쏘시개 하네
松子適乾房祖舍 솔방울을 따서 말려 할아버지 계신 사랑방에 건 불을 때고
薪蘇雨氣牧童跳 땔나무, 쇠꼴 아동은 비가 올 기운에 목동은 이리저리 뛰는구나

2020년 4월 5일

間雲孤鶴

浮雲朝露晩煙生	인생의 덧없음을 알고 보니 저녁노을 된 서생은
孤鶴高飛靜泰亨	외로운 학이 높이 나르니 고요하고 편안함이 만사형통하네
有志無常歸鴈歲	뜻이 있다 해도 인생무상 봄이면 가는 기러기도 세월따라 가고
再來時不野翁耕	한번 가면 다시 오지 않는 시간, 노인은 부지런히 활동하노라

2020년 4월 2일

澼女人

麗人河畔澼被哀	여인들의 강가에서 빨래하는 애환의 추억을
寒雪室家赤手胎	추운 겨울 가정을 위해 임신을 해도 맨손으로 빨래를 하네
澼索乾燥衣凍柱	빨랫줄에 빨래를 말리는데 빨래 끝에는 고드름이 열리고
潄聲女笑樂天開	빨래 소리 여인들의 웃음소리 천명을 즐기며 마음을 여는구나

2020년 4월 1일

聞思修

聞知讀學敎相長　들어서 알면 읽으면서 배우고 가르치면서 성장하고
思善德行處義當　항상 선을 생각하고 덕행으로 올바르게 처신함은 마땅하노라
修得常勤精進道　수행하여 얻음은 항상 부지런하고 정진하는 마음은 바른 길이요
靜虛淸淨廣運揚　마음을 조용하게 사심 없이 살면 덕이 널리 퍼져 알려지리라

2020년 3월 31일

濁酒一杯

農夫濁酒乾杯和　농부들의 탁주 한 잔을 마시니 화기애애하고
鋤除鄕民酒數歌　김을 매며 향민들은 탁주 몇 잔 속에 풍년가 소리 들으며
初盞站飢農濁老　탁주 한 잔에 새참 요기되니 농탁은 노부를 행복하게 하고
笑聲歲德樂天禾　웃음소리 금년에도 풍년이요 낙천적으로 농사를 짓는구나

2020년 3월 29일

漢江影斜

高層電燈影斜江　고층건물 전등 불빛이 비스듬이 비친 그림자의 한강수야
流水銀波遠播窓　잔잔히 흐르는 물 번뜩이는 물결 멀리 퍼져 창가에 비치노라
枝柳邊沙飛鳥伴　강변 모래밭 늘어진 버들가지에 새는 날아 짝을 찾고
戀人湖畔愛情雙　연인들은 호반에서 애정행각 쌍쌍이 노는구나

2020년 3월 28일

萬頃野人時和

精神道德處身師　정신력과 도덕성으로 처신하며 서예 지도하는 사부로써
家族善隣儀範規　가족을 위하고 선한 이웃을 모범 생활에 규율을 지키노라
爭進實存生路氣　경쟁 진출하며 현실적 존재하면서 살아가는 기백이요
難重責任野人時　난중 지중에 책임감에 사는 만경야인의 시대사로다

2020년 3월 27일

天水沓

旱天水畓祭儀誠　하늘은 가물어 경작을 못해서 기우제로 정성을 다하고
發動機聲水車耕　농사를 위해 발동기 소리 물자세로 물을 품어 경작을 하는구나
多沓野花無稼愁　다랑논 들꽃 피고 곡식 못 심어 농부들은 근심이 많은데
神通降雨歲豊平　신이 통한 듯 비가 내려 금년에도 풍년가 소리 화평하구나

2020년 3월 26일

春窮期節

草根時節穀無窮　초근목피로 이어간 배고픔에 곡식은 없고 어려운 시절의 춘궁기
家族延長野草充　내 가족의 연명을 위해 들풀의 씨앗으로 다소 보충하도다
白畓旱天農畯歎　날이 가물어 백답으로 남아 농부들은 하늘보고 탄식만 하는데
貧居難苦富民隆　빈가의 어려움을 벗어나 넉넉한 서민이 되어 융성을 바라노라

2020년 3월 25일

鄕里追憶

孤村野渡汽聲晨　외로운 향촌에 들을 건너 기적소리에 새벽잠을 깨우고
布穀農繁耕種春　뻐꾸기 우니 농번기라 밭 갈고 씨 뿌리는 봄철이로다
雲雀陽炎華月節　지지배배 종달새 아지랑이 아롱거리며 꽃 피는 계절이요
松花飛散老夫煩　송홧가루 흩어져 날고 늙은 농부는 수고스러워지노라

2020년 3월 24일

僻村草家

峰隅經畔草家鄕　산모퉁이의 경사길에 초가집 추억의 향촌
峽谷碧巖翠鳥翔　깊은 협곡 푸른 이끼 낀 바위엔 물총새 나는구나
間驛汽聲時刻識　간이역 지나는 기적소리에 하루 시간을 분별하고
僻村杜鵑煥然陽　벽촌의 진달래꽃은 불타오르듯 태양은 빛이 나는구나

2020년 3월 23일

明德自力

誰何明德爭取無　누구든지 명덕은 쟁취해갈 수 없으니 인자무적이요
正道善行成就孤　바른길과 착한 일을 성취하였음은 고독함이로다
教學相長精進素　교학상장으로 정진함은 소박한 뜻이오
共生常度疏通俱　공생하고 평소 태도로 소통하며 함께 동행하노라

2020년 3월 21일

總選政局

國家地域未來治　국가와 지역의 미래를 위한 정치인
時代精神反暎知　현시대정신을 이바지하며 반영해 지행할 자는 누구인가
哲學政治賢者待　정치철학이 투철한 어진 자들 기대하면서
專門道德議員規　전문성과 도덕성을 지닌 국회의원은 규율을 지키시라

2020년 3월 20일

綠水青山

江頭沙場獨棠花　강 머리 백사장에 외로이 해당화가 피었고
綠水青山碧羅霞　녹수청산은 푸르고 얇은 비단의 노을이 빛나도다
峰嶂絮雲浮氣動　산봉우리 솜털구름 하늘의 기운이 움직이니
斜陽鳥伴靜嘉華　해는 기울고 산새도 짝을 찾으니 고요하고 아름답구나

2020년 3월 19일

沙渚柳枝

誰何春催處無聲　누가 봄을 재촉하는가 소리없이 곳곳에 찾아오는데
沙渚柳枝翠光清　물가의 모래사장 버들가지 푸르른 빛 청풍이 일도다
歸鴈燕飛深谷氣　기러기 돌아가고 제비가 날으니 심산유곡 봄기운 돌고
野花稜線錦雲横　야생화는 능선따라 피는데 비단구름 횡선으로 가네

2020년 3월 18일

渡江春到

渡江春到笑梅迎　강건너에서 봄이오니 매화가 웃으면서 맞이하고
柳綠華紅秀麗英　자연의 아름다운 봄경치 수려함이 아름답구나
野翠天和雲錦散　들의 푸르름이 하늘의 기운을 받고 비단구름 퍼져가니
淸風花氣愛情聲　맑은 바람 꽃향기에 첫사랑 정 느끼는 숨소리 들리네

2020년 3월 17일

雪峯山

靑山綠水雪峯原　녹수청산이 눈 덮인 봉우리 설원을 이루고
鴉雀無聲鳥足痕　아무 소리 없이 조용한데 산새 발자국 남았구나
野獸冬飢飛散伴　야수들은 추운 겨울 굶주림에 날아 흩어져 짝을 찾아
巢居松子雪寒存　새집에 살며 솔방울 씨알로 설한 속에 생존하는구나

2020년 3월 16일

好時節

無雲萬里歲華時　구름이 만리가 무운이라 세월의 좋은 시절
海不揚波瑞氣怡　파도가 무하고 천하가 태평하니 서기에 기쁘구나
好節晴耕夜讀盛　좋은 시절 맑은 날 밭을 갈고 야독을 하니 태평성사요
和風淸野素光黎　봄바람에 맑은 들의 소박한 달빛에 여명을 본다

2020년 3월 15일

仙鶴

鶴望淸濁靜虛仙　바램은 현인과 어리석음은 마음을 비우는 신선같이
明德善行樂壽天　명명 덕과 선행으로 즐거운 수명은 하늘의 뜻이로다
不老長生僊客感　불로장생은 신선들의 바람을 느낀 생각이요
精神正體海流然　맑은 정신 바른 몸가짐 해류가 흐르듯 자연을 따를지다

2020년 3월 14일

寂寞山

雪峰寂寞萬山冬　눈덮인 산봉우리의 적막한 겨울의 모든 산은
鳥噪無聲樹眛蹤　새울음 소리 들리지 않고 나무도 잠자니 인적도 없구나
巖壁翠光萠動綠　암벽에 푸르른 빛에 초목에 새싹이 트고 푸르름이 이르니
春風和氣葉芽濃　화창한 봄날기운 나무의 새싹이 깊은 향기로다

2020년 3월 13일

笑春來

雪春華風野花開　눈 날리는 이른 봄 화풍에 야생화는 피는데
常綠翠光發散來　상록수는 푸른빛으로 흩어지며 봄이 온다
萬里江山祥氣笑　만리강산에 상서로운 기운이 웃음을 주니
瑞雲天德和氣梅　서운의 세월 덕에 서로 어울려 매화꽃은 웃는구나

2020년 3월 11일

不朽望

書藝名聲不朽望　서예의 명성을 오래오래 가짐은 바람이요
連峯無變翠光揚　이어진 산봉우리는 변하지 않고 푸른빛을 내노라
雲石雪風常度勢　우뚝 솟은 괴석위 풍설에도 불후하지 않고 우뚝한 기세요
黎明萬歲曉天陽　여명은 오랜 세월의 새벽하늘 희망의 태양이 솟는다

2020년 3월 9일

碧潭景

巖壁橫松影倒池　암벽에 옆으로 누운 푸른 소나무 연못에 거꾸로 비치고
錄潭葉露散光麗　푸른 연못가 나무 잎 끝에 맺힌 이슬 흩어지니 화려하구나
鷲峯飛躍鴉驚動　산봉우리 독수리 뛰어 오르니 길까마귀도 놀라 날아가고
綠野歲華雲錦琦　경치 좋은 녹야에 태평세월의 비단구름이 아름답구나

2020년 3월 7일

壽山福海

歲首今生至樂望　경자년부터는 사는 동안 즐거움과 덕망을 이루고
壽山福海年賀章　수명은 산 같고 복은 바다같이 연하장을 글로 표하노라
忍爲德善行福曉　참으면 덕이요 선행하면 복이라 깨달아 행하고
苦難傳習晩成揚　고난에도 전문으로 배워 대기만성하여 양명해보리라

2020년 3월 1일

不遠白頭山

承統白頭雲雪山　선조에게 이어받은 백두산은 흰구름 설원의 산이요
天地野花笑微顔　백두산의 천지에는 야생화가 미소를 주는 얼굴 같구나
靈峰韓族發祥地　백두산은 한민족의 발상지였기에
平世歸路不遠還　화평한 세상 오거든 오가는 것이 멀지 않아 오리라

2020년 2월 16일

徑路蓮池

深谷蓮池落葉波 심산유곡 작은 연못에 떨어진 나뭇잎 반짝이며 은파 이루고
蛛絲徑路躍蛙和 거미줄 늘어진 오솔길에 청개구리 뛰어 놀으니 화평하구나
葦花蜻飛青草蝶 갈대꽃에 잠자리 날으니 우거진 초야에는 나비가 날고
斜照蟬噪鳥聲坡 해는 서쪽으로 기울고 매미소리 산새소리 언덕위에 저물어가네

2019년 2월 9일

露華

松葉露華清朗瓏 솔잎에 맺힌 이슬꽃 하늘이 맑게 개인 듯 영롱하고
朝光景勝樹枝風 아침 햇볕에 산수경치는 나뭇가지 바람결 빛이 나도다
晴天雲峰花錦美 맑은 하늘 산봉우리에 피어오르는 구름 비단같이 아름답고
溪谷鳥飛和氣通 계곡에 흐르는 물소리 새는 날고 따뜻한 기운 화통하구나

2018년 11월 20일

曉鷄

初鷄草野曉天耕　첫 닭 울면 초가에서는 새벽하늘 보며 밭을 가니
農路濁杯豊作鳴　농로에서 탁주 한 잔에 풍년작을 원하는 닭 울음소리로다
生息樵夫天職節　농촌에 살아가는 농부들은 천직으로 알고 살았던 시절
鄕村懷古晩暉橫　향촌의 옛날을 회고하니 저녁 햇볕되어 비켜가노라

2018년 11월 18일

雀聲

風紙鳴冬夜舍房　문풍지가 울어대는 겨울밤 사랑방에 모여서
燈盞千字誦經堂　등잔불 아래 천자문을 읽고 외우는 서당이 되었구려
農耕難境少時追　농경사회가 어려운 때 소싯적의 추억을 생각하며
雪竹雀聲寒月鄕　눈 내린 대나무 숲속 참새소리와 겨울 달빛에 고향생각나네

2018년 11월 9일

黑石佳人新居

鷺楊江邊氣昇天　노들강변의 떠오르는 아침 해 정기를 받고
孝思亭傳敎德賢　효도의 모범이 된 효사정의 선현을 본받아 전함이요
新居漢流前景美　하정의 집 앞에 한강이 흐르는 전경이 아름답고
家聲黑石淨書宣　집안의 명성에 흑석가인은 맑은 글씨로 선양하리라

2018년 10월 31일

鶴壽

鶴千年壽康飛行　학은 천 년 수명이라 건강히 비행하고
高雅體能動遠翔　고아한 체능에 비동하며 멀리 날아다니듯
學究書生庸德靜　학문을 연구하는 서생도 안정의 떳떳한 덕으로
淨神正道善聲望　맑은 마음 바른길 선행으로 성망을 이루어보리

2018년 10월 14일

難得行

難得友情行德成　어렵게 이루었으니 우애와 덕행으로 이어나가고
錦華樂舞雅遊情　아름다움에 락무를 즐기듯 음악과 더불어 정답구나
鶴飛視線雲翔動　학이 날듯 고아한 시선에 구름 가듯이 움직이니
麗澤清流和靜驚　고운 연못에 흐르는 물처럼 마음의 안정됨이 놀랍구나

2018년 7월 17일

醉月色

野山華席愛情花　야산 모퉁이 아름다운 자리에 애정을 꽃피우고
慕醉碧天月色斜　모정에 취한 달빛은 푸른 하늘에 기우는구나
歸夢過生飛散遠　고향꿈에 세상사 모든 것이 날아 흩어지듯 멀어지는데
時流暮景舊遊嘉　젊은날은 지나 늙어가노니 옛날 놀던 추억에 가우가 되었네

2018년 3월 25일

夕陽望

斜陽望視散光微　지는 해를 바라보면서 흩어진 광선이 희미해지듯
渡海紅霞暮景飛　바다건너 붉은 노을에 저물어가는 경치에 날고 싶구나
落照銀波天氣恍　낙조에 번쩍거리는 물결에 하늘의 기운에 황홀하고
浮生遠路歲華歸　덧없는 인생아 멀고 먼 길 세월따라 돌아가고 싶구나

2018년 3월 15일

虛潭

虛潭樹影動銀波　텅빈 연못에 나무그림자만 잔잔한 물결로 움직이고
雲翠鳥鳴霧散和　물푸릇한 구름속 새소리에 안개는 개이고 화한기운 도네
浮草野花蛙座樂　부평초와 들꽃에 청개구리가 놀고있는데
蜻飛魚弄靄然河　잠자리 날고 물고기 희롱하니 물안개 피어오르네

2018년 3월

天祿我生

壽福康寧天我生 수복강녕에 하늘에서 나를 냈으니
矜持攸好德淸正 긍지를 갖고 도덕을 낙으로 알고 맑고 바르게 살지어다
老年强健考終命 노년까지 강건하게 살다가 고종명 하노니
天祿謝恩善美情 하늘의 내린 복에 감사하고 선미하게 뜻을 다하리라

2018년 2월 28일

志望

歲初素志疏通情 새해에 본디 품은 뜻은 마음을 열고 소통하며 정을 나누고
精進晩成雄筆誠 더욱 정진하며 대기만성 이루어 좋은 글씨에 정성을 다하리라
旭日昇天心願啓 아침 해 하늘에 떠오르듯 마음에 바램은 열릴 것이고
善行勤勉致成明 선행을 하고 부지런히 노력하면 뜻을 이루어 밝은 날이 오리라

2018년 1월 1일

和

和顔安靜樂天矜　온화한 얼굴은 정신이 편안하고 낙천적인 마음으로 긍정적이고
倫理根源正道承　사람이 지켜야할 윤리의 근원은 항상 바른길을 이어감이요
寒苦雪寒難處痛　추운 설한에도 난처한 일에 마음이 아프면 얼굴이 찡그러지고
花時和氣志望燈　꽃피는 시절 온화한 기운에 뜻하여 바램은 타의 등대가 되어보리라

2017년 12월 31일

勤者

虛空樹植不可能　허공에 닿는 나무를 심는 것은 불가능하므로
無努諸般僥未興　노력치 않고 제반사에 요행을 바라면 흥하지 못하리라
無汗不成誠實質　땀과 노력 없이는 성공하지 못하고 성실함이 바탕이고
敬天勤者樂生承　하늘을 공경하고 부지런한 자는 즐거움이 오고 승운도 있으리라

2017년 12월 24일

學習館

學習殿堂教學鄉 학습관의 전당은 가르치고 배우는 향교가 자랑스럽고
與人同樂疏通房 많은 사람과 더불어 즐기며 소통하는 사랑방이로다
諸賢華客繁榮館 어진 현인들의 단골 손님이 되어 번영하는 학습관이요
情緖靜修精進常 정서적으로 수양하며 정진하는 항상 배움의 터전이로다

2017년 12월 16일

泰民和

家邦善德疏通相 가정과 나라는 모두 소통하며 상생하는 마음으로
泰盛諸庭正氣望 태평성사의 모든 가정에 정기를 받아 희망이 있으리라
智意配慮誠實勉 슬기로운 마음으로 배려하며 성실하고 부지런하면
和應敬愛歲華常 화응하는 마음으로 경애하면 좋은 세월에 항상 즐거우리라

2017년 12월 30일

粹然

粹然長道獨行書 수연은 멀고도 먼 길을 외롭게 홀로 걸으며 어려운 서예에 뜻을 두고
教學講師情緒疏 가르치고 배우며 서예지도자가 되어 정서적으로 뜻을 함께 소통하노라
斜暮遠途浮客靜 저물어가고 갈 길은 먼데 외로운 나그네는 안정을 찾음은
親和遊筆淨神餘 붓을 들고 친화하며 정신문화에 앞장서 여생을 살아가리라

2017년 12월 28일

福祉館

青綠殿堂福祉鄕 푸른숲의 전당 복지관은 향교 배움의 터전이요
相應和樂壽康房 서로 상응하는 화락속에 강녕하는 사랑방이로다
親知愛敬群生館 친지가되어 사랑하고 존경하며 많은 사람의 복지관이요
遊藝靜然教學望 예술을 즐기며 조용히 교학하는 우리의 희망이로다

2017년 11월 5일

鶴舞遊

晴空歸路靜嘉飛 청공 오가는 길에 고요하고 아름답게 날 듯
鶴舞筆遊香墨揮 학이 춤을 추 듯 붓을 즐기며 휘호는 묵향에 젖는구나
高遠難行和樂琢 학문은 높고 멀어 행하기 어려운데 화락하며 탁마하고
淨神時習晩暉希 맑은 마음으로 학이시습하노니 저녁 햇빛이 희망일세

2017년 10월 31일

退色의 大廳

歲月大廳情笑聲 세월의 대청마루 웃음소리 정을 남기고
柱梁退色世緣程 기둥과 대들보의 퇴색은 세상 인연의 이정표로다
草家堂上杵聲憶 초가의 대청마루 다듬이 소리는 추억으로 가고
天氣曉光不變淸 천기로 새벽 빛이 일고 불변의 세월은 선명하구나

2017년 10월 9일

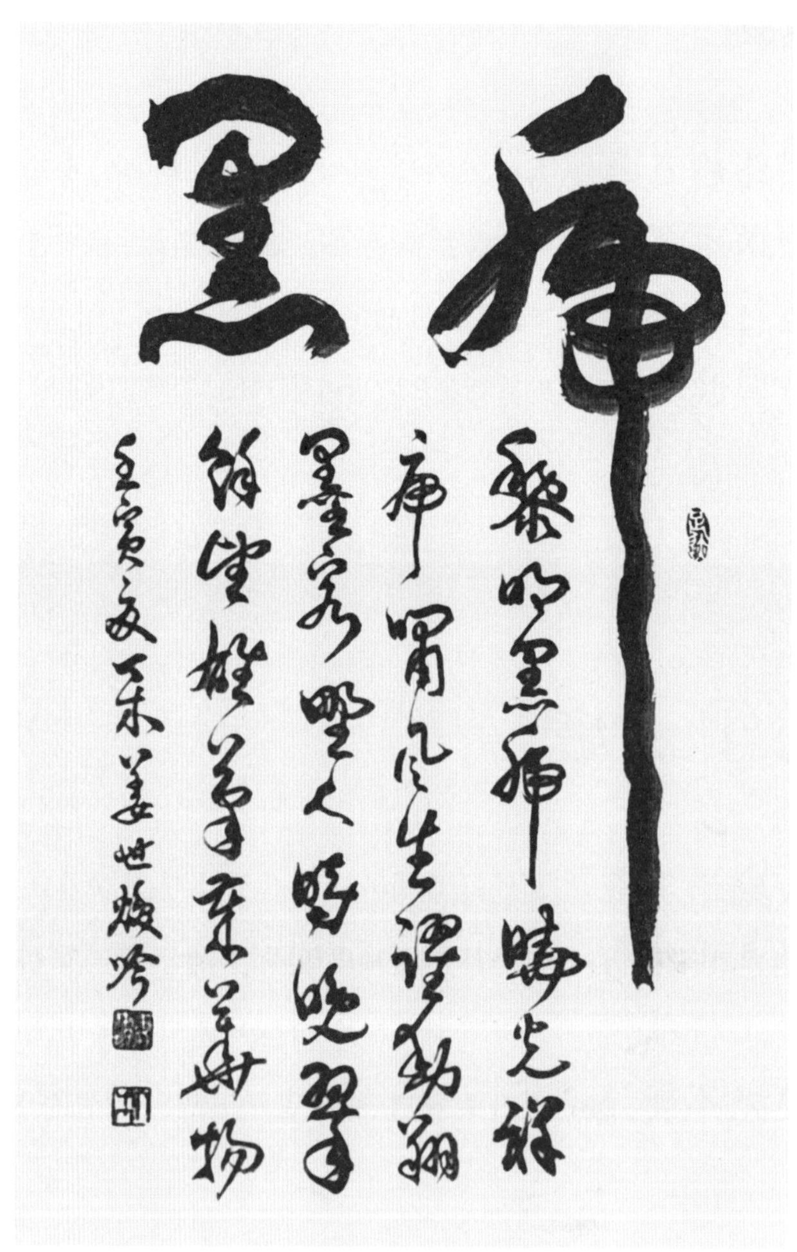

제3장

오언율시

松竹家

鄕村

鄕里燕飛靜　春華村老耕
麥浪波布穀　眠早覺鷄聲
祈稔鋤禾勞　豊年瀏與鳴
高天翔雁行　村落感興情

고요한 시골 마을에 제비가 날아들고,
봄날에 화기 도니 촌로는 밭을 가네.
보리 이삭 파도치니 뻐꾸기 울고,
봄잠을 깨우는 닭울음 소리.
알곡을 기다리며 힘들어 김을 매고,
뜸부기 울어대니 금년도 풍년일세.
높은 하늘엔 기러기 줄지어 날고,
농촌의 정감을 느끼게 하는구나.

1997년 9월 30일

草屋

鄕村間竹裏 草家小溪邊
木枕閑堂上 古椽憶去年
靑瓢茅屋結 東籬菊花煙
雪異門風紙 軒頭氷柱連

시골 마을 대나무 숲 사이에,
얕고 맑은 시냇가에 초가집 하나.
목침을 베고 대청마루에 한가로이 누워,
오래된 서까래의 나이를 생각한다.
지붕 위엔 표주박이 주렁주렁 열렸고,
동쪽 울타리에 국화꽃이 연기처럼 피어나네.
눈은 내리고 문풍지는 우는데,
추녀 끝에 고드름이 대롱대롱 달렸네.

1997년 10월 5일

追憶

柴門山居寂 草席火蚊浮
月夜談言樂 遠聞汽笛悠
野童田麥凍 朋與索求遊
氷上娛投雪 追思故友尤

산 아래 외딴 집에는 사립문만 쓸쓸한데,
멍석 깔고 모깃불에 연기를 피우누나.
달 밝은 밤에 이야기로 꽃피우니,
멀리서 들려오는 은은한 기적 소리.
얼어붙은 보리밭엔 아이들이 모여서,
새끼공 돌려 차며 즐겁게 노는구나.
얼음판 위에서 눈싸움하며 놀던,
옛 친구들이 더욱 그리워지는구나.

1997년 10월 20일

歲 月

杜鵑花滿發 草笛牧童遊
野水蜻身浴 蛙聲故友悠
天高佳野菊 地廣麗山幽
風雪孤松息 雲如歲月流

진달래꽃 만발한데,
피리부는 목동은 한가이 놀고 있네.
들 물에서 잠자리는 목욕하고,
개구리 우는 소리 옛 친구 생각나네.
하늘은 높고 들국화 예쁘니,
넓은 땅 아름다운 산 그윽하구나.
눈바람에 늙은 소나무 쉬는 듯 서 있고,
세월은 구름 가듯 흘러만 가는구나.

1998년 4월 20일

鄕情

雲雀歌烟景　布穀鳴始耕
雨蛙蜻降雨　簑笠鋤禾平
鶯語村風致　水鸂聲伏行
皺容親故老　身客感鄕情

종달새 지저귀니 아름다운 봄 경치요,
뻐꾸기 울어대니 때는 농사철이라.
청개구리 울고 잠자리 나니 비가 내리고,
농사꾼은 도롱이 삿갓 쓰고 김 매니 태평하다.
꾀꼬리 우는 소리는 농촌의 풍치고,
뜸부기 우는 소리에 삼복이 가네.
옛친구들 늙어서 주름살은 느는데,
이 몸은 객이 되어 고향 정만 느끼네.

1998년 4월 25일

茅亭

鄕落茅亭處 安休野客耕
鋤禾衣布汗 民草動風平
百中遊村濁 豊歌世俗聲
好時家樂歲 追遠去過生

고향에 세워진 모정이란 곳은,
논일하는 사람들이 편히 쉬는 곳이요.
김을 매며 땀에 젖은 삼베 적삼에,
민초들은 부는 바람에 태평하구나.
백중날엔 막걸리 마시며 즐겁게 놀고,
풍년가 소리는 세상에 풍속이네.
좋은 시절 집집마다 즐거움도 있었으니,
지난 일을 그리워하며 추억을 더듬구나.

1998년 8월 7일

舍廊房

客與安休處 食牛舍廊房
燈前夫索綯 作物草鞋堂
娶客東床禮 單子風俗長
曉鷄遊樂所 流歲變情鄕

손님과 더불어 편안히 휴식하며,
소여물도 끓이는 사랑방.
농부들은 등잔불 아래서 새끼를 꼬고,
짚신을 삼기도 하는 마루방이로구나.
새신랑 오면 동상례도 하는 곳이고,
단자의 풍속에 제사 댁에서 음식이 오네.
새벽 닭 울 때까지 즐겁게 노는 장소였건만,
세월이 지나 이런 정경은 변해 가는구나.

1997년 12월 10일

鄕 里

梧葉庭前落　枝頭喜鵲鳴
嫁期雙杵響　娶客笑歌淸
鄕里鷄聲泰　雲中鶴舞情
青天祥氣滿　詩趣意吟成

뜰 앞에는 오동잎이 떨어지는데,
나뭇가지 끝에는 까치가 노래하네.
시집갈 때 되니 다듬이 소리 들리고,
장가드니 웃음소리 맑은 노래 섞여 있네.
마을 거리에는 닭 울음소리 태평스럽고,
흰 구름과 더불어 춤추는 학이 정겹구나.
하늘엔 성스러운 기운이 가득한데,
마음에 흥취되어 시 한 수 읊으리라.

1997년 11월 25일

早春

鄕落丘林竹　發芽紅白梅
松枝殘雪片　煙景遠岩苔
陵谷連翹溢　溪頭柳眠開
滿山杜鵑赤　堂上和風來

시골 마을 언덕바지 대나무 숲에는,
붉고 흰 매화 송이 싹 트는구나.
아직도 소나무 가지에 잔설이 있고,
이끼낀 바위는 아지랑이 사이로 멀리 보이네.
능곡에는 개나리꽃이 넘쳐나고,
개울가엔 푸른 버들잎 싹 내미네.
진달래꽃 산 가득히 붉게 피어 있고,
대청마루에 보드라운 봄바람 불어오누나.

1998년 3월 30일

陽 春

晴淨和風發 瑞雲歲月祥
高天雲雀噪 平地靄煙揚
花氣山松筍 柳垂溪草香
絮楊飛白雪 陽德物生長

맑은 하늘에 봄바람 일어나니,
상서로운 구름에 좋은 세월이로다.
하늘 높이 종달새는 지저귀고,
대지에는 아지랑이 아롱이네.
봄기운에 산에는 소나무순 자라고,
시냇가에 수양버들 풀 냄새 향기롭다.
솜같은 버들가지 흰눈 날리듯 하니,
만물의 생성은 태양의 덕이로다.

1998년 3월 17일

盛夏

暑氣葵花發　野耕休麥凉
水芹連蜻舞　徑踊樂童鄉
檐下巢居吉　哺蛉燕子祥
蟬聲閑客與　吟詠熱風常

여름 기운 해바라기는 만발하고,
밭 갈고 보리 익으니 쉴만하구나.
미나리 밭에 잠자리 떼 춤추듯 날며,
시골 아이 골목길에 뛰놀며 즐기네.
처마끝 길조인 제비 보금자리에서는,
새끼 제비에 고추잠자리 먹이며 행복하구나.
매미 소리와 더불어 한가로운 나는
열풍 속에서도 언제나 시를 읊도다.

1998년 8월 5일

菊秋

野菊爭先發 節天高馬肥
粟黃娛雀噪 木麥舞蛉飛
犢走遊農路 泰平稔穀祈
滿心家露積 與趣散人希

들국화가 먼저 피려 서로 다투니,
천고마비의 좋은 계절이로다.
익은 서숙에 참새 떼 쪼아대고,
메밀밭엔 고추잠자리 날아드네.
송아지는 농로에 뛰어 놀고,
태평성세에 풍년들기만 바라네.
집집마다 노적가리에 마음이 만족하니,
흥취에 젖어나도 새 희망을 갖는구나.

1997년 10월 25일

竹梅香

青竹枝花雪　東山寂老松
草童共月夜　群雀捕林冬
風起烏飛衆　結氷寒氣逢
庭中梅幾朶　亭子滿香濃

푸른 댓가지에 하이얀 눈꽃 피니,
동산에 늙은 소나무 쓸쓸하고나.
달 밝은 밤이면 초동들이 모여서,
겨울 숲에서 참새 떼를 잡는구나.
까마귀 무리지어 날으며 바람을 일으키니,
겨울철의 결빙기를 맞이하는구려.
뜰 가운데 곱게 핀 매화 몇 송이,
정자 안에 짙은 향기 가득하구나.

1997년 12월 7일

雪月

寒節還村落 後園竹葉聲
食尋饑野獸 鷄籠下看鳴
雪夜孤瀏涕 火爐燔栗情
深更聽汽笛 月色靜雲行

외진 시골에 겨울이 다시 오니,
후원의 댓잎은 소리내어 우는구나.
굶주린 야생들은 먹이를 찾으며,
닭장 밑에서 쳐다보고 울고 있구나.
눈 내린 밤 부엉이는 외로이 우는데,
화롯불에 밤을 구우며 정을 나누네.
깊어가는 밤 기적 소리 들려오고,
달빛은 고요한데 구름만 떠가는구나.

1997년 12월 15일

雪寒

寒氣青天滿 雁來行伍飛
凍河遊雪馬 氷破霑衣晞
白雪前山舞 銀花後夜輝
月明東嶺出 好景素光希

찬 기운이 온 하늘에 가득하니,
기러기 떼 줄지어 날아드는구나.
언 개울에 썰매 타고 즐거이 노닐다가,
얼음 구덩이 헛디뎌 젖은 옷을 말리네.
백설이 앞산에 흩날리더니,
밤이 되자 눈꽃 되어 빛이 나누나.
달은 동쪽 산 위에서 떠오르고,
좋은 경치 비추고 희망을 갖게 하네.

1997년 12월 20일

名節

記憶聲風物 堂山踐地神
正初農樂俗 餠味造淸眞
歲拜新衣童 鵲鳴來友賓
好時名節對 幸福愛親人

기억 속의 풍물 소리는,
당산에서 지신밟기를 하고 있구나.
설날을 맞은 농악소리 풍속이었고,
떡의 참 맛은 조청의 진미로다.
아이들은 꼬까옷을 입고 세배 다니고,
까치가 울어대니 귀한 손님 오시는구나.
좋은 시기에 명절을 맞이하여,
모든 사람은 행복과 사랑을 느끼는구나.

1998년 2월 10일

夕陽

期約無離別 人生逝者誰
歲華流杜孰 永遠守身持
越嶺浮雲往 斜陽我促時
空來虛去道 不恥活終期

기약있는 이별은 없으나,
인생은 누구나 한번은 가는 것을.
가는 세월 그 누가 막을 수 있으며,
영원히 자기 몸을 지킬 수 있으랴.
고개를 넘는 저 구름은 어디로 가는지,
석양빛은 나에게 시간을 재촉하네.
빈손으로 오고 빈손으로 가는 길이니,
끝날때까지 부끄럼 없는 삶을 살리라.

1998년 4월 20일

還甲

我里農家拾 過生青壯時
老身心不老 還甲歲流期
故友鄉何處 老松孤獨思
漢詩書後跡 情熱自吟持

나의 마음은 십여가구 농가였건만,
청장년 시절을 덧없이 보냈네.
몸은 늙었는데 마음은 늙지 않고,
세월은 흘러가니 환갑이 되었구려.
고향의 옛친구들 어느 곳에 사는지,
홀로 서 있는 늙은 소나무 생각나는구나.
서예와 한시가 훗날에 흔적이 남도록,
정열을 다하여 긍지를 갖고 자음하노라.

1998년 1월 20일

虛心

貪得朝塵化 浮雲遠處行
虛心安樂感 私利動憂傷
奴隷黃金慾 貧身貨健康
未成前無智 先信後誠長

탐하여 얻은 것은 하루아침에 먼지 되듯이,
뜬구름은 먼 곳으로 흘러만 가는구나.
마음을 비우니 안락함이 느껴지고,
사리에 움직이니 근심되어 마음 아프네.
황금에 욕심을 부리면 노예가 되고,
가난한 몸이라도 건강하면 재산일세.
미완성과 무지 앞에 나아갈지라도,
먼저 믿고 난 후에 언제나 정성껏 나아가리라.

1998년 5월 25일

回想

年少期倭末 迎春光復陽
吾邦逢事變 鄕里饑年傷
亂世平軍政 庶民生意强
安和時代去 白首顧今長

어린시절에 왜정 말기 넘기고,
광복의 밝은 봄을 맞이했도다.
나라에 6·25 사변을 맞이 했으니,
농촌에는 흉년 들어 가난에 마음 아팠네.
난세를 군정으로 평정을 하게 되니,
서민들은 삶에 의욕 더욱 강해지네.
평안을 찾은 것은 한 시대가 간 뒤고,
돌아보니 백발의 노장이 되었네.

1998년 6월 10일

運命

立志初秋曉 同技脈絡亡
逝天無次例 夭折未開光
嶺越雲從去 宅幽獨寐陽
弟終冥福禱 運命禍誰防

39세 나이 초가을 새벽에,
동기간의 혈족을 잃었네.
하늘나라 가는 것은 차례가 없다지만,
광영이 피기 전에 일찍 세상 떠나구나.
재를 넘고 구름을 따라가서,
양지 바른 유택에 홀로 잠드네.
임종한 아우의 명복을 빌며,
운명의 재앙을 누가 막으리요.

1997년 9월 30일 卒 1997년 8월 28일

精華

葉採桑娥姐 愛始枝柳清
月明佳好景 夜露霑衣情
靜坐談松下 山行聽鵂聲
成年花落發 華燭萬賓迎

뽕잎따는 아름다운 아가씨를 보고,
버들가지 사이로 맑은 사랑 느끼누나.
밝은 달 아래 경치는 아름답고,
밤이슬에 옷자락 적시며 정을 더하네.
소나무 아래 조용히 정담을 나누며,
오솔길 걸으니 부엉이 소리 들리네.
꽃이 지고 다시 피니 성년이 되어,
많은 손님 모시고 화촉을 밝혔다네.

1998년 4월 1일

出生

萬頃農村所 湖南線前方
屯基陽地處 草屋我生房
九子貧家出 苦寒不學傷
滿堂兄弟健 年少節成長

만경 평야에 자리잡은 농촌 마을에,
앞쪽에는 호남선이 길게 놓였네.
둔터 부락 양지 바른 곳의,
초가집 골방에서 이 몸은 태어났네.
아홉 자식이 가난한 집에 출생하여,
추위에 허덕이고 못 배움에 마음 아프네.
온 집안의 형제들은 모두가 건강하게,
소년시절을 어려움 속에서 성장하였네.

1997년 10월 30일

善終

現世容姿變 粧痕與短裳
三從之道倦 忠孝德行傷
正禮以言貌 文化斥外鄉
輕人修省未 去歲善終望

요즘 세상은 용모와 자태가 변하여,
화장한 흔적과 함께 치맛자락 짧아지네.
삼종지도를 게을리하고,
충효와 덕행이 훼손되어 가는구나.
말씨와 용모와 바른 예의로써,
좋지 않은 외래문화 배척해야 한다.
남을 경시함은 내 몸을 살피지 않음이요,
가는 세월에 좋은 끝을 바라는 바다.

1997년 5월 10일

學究

磨墨精誠動 靜修姿勢功
人書俱老歲 一畵自心通
萬法從書藝 詩文學究忠
虛無和樂努 時習續身終

먹을 갈 때는 정성껏 갈아야 하고,
조용히 수양하듯 바른 자세로 공들이며,
사람과 서예는 함께 늙어가니,
한 획을 긋되 자기 마음을 통하듯 하라.
서예는 만 법을 따라야 하니,
시문과 학문의 연구함을 충실히 하라.
마음 비워 화평하고 즐겁게 노력하고,
항상 공부함을 몸이 다할 때까지 지속하리.

1998년 11월 15일

所 望

新歲來歎老 存神希戊寅
詩情雲集動 書蹟所望身
學習研休不 志行盡敎人
生涯終筆墨 文藝意誠伸

새해가 온다 해서 늙어감을 한탄 말고,
무인년에 정신을 수양하여 희망에 살자.
시정의 마음은 구름 모여 움직이듯,
글씨의 행적은 나의 소망이로다.
배우고 익힘을 쉬지 않고 연마하여,
남을 지도함은 뜻 한 바 행함을 다함이라.
생애를 필묵으로 다 하려니와,
문예의 뜻을 지성을 다하여 펼쳐보리라.

1998년 11월 12일

矜持

市展詩書賞 老年輝曙光
雲流晴照應 志屈筆家長
晩學心神足 人敎盛德堂
矜持誠實盡 日就月將望

시전에서 시서로 상을 받으니,
노년이 되어서야 서광이 빛추는구나.
구름이 흘러가고 맑은 날에 빛나듯,
뜻을 굴하지 않고 필가로 성장하리라.
배움은 늦었으나 마음과 정신으로 만족하여,
남을 가르치며 집안에 큰 덕을 이루고,
서예의 긍지에 성실함을 다하여,
바램이란 오직 일취월장뿐일세.

1998년 9월 10일

野人

村落吾胎處 小時壯去流
有天生我用 氣地健精修
人生無根草 詩書遺跡留
心傷身漸老 習得筆家優

이 몸이 태어난 곳은 시골 마을이라,
젊은시절을 덧없이 흘러 보냈네.
하늘이 나를 냈을 때는 쓸 곳이 있음이라.
땅의 정기를 받아 건강한 정신을 수양하네.
인생은 뿌리 없는 부평초 같으니,
시서를 가지고 발자취를 남기리라.
이 몸은 점점 늙어가는 느낌에 마음 아파도,
열심히 습득하여 우수한 필가가 되리라.

1997년 9월 20일

啓示 詩書藝

哀悼初春雨 古稀慈主終
滿堂親客者 銘旌書字蒙
啓示詩書子 餘生心得空
藝文門晩學 意志跡硏攻

때 이른 봄비는 애도하듯 내리는데,
어머님께서는 고희에 임종하셨네.
친척과 손님이 온 집을 메웠으나,
명정에 쓴 글씨 너무나 어리구나.
계시 받은 아들이 시서에 임하고,
여생을 빈 마음 채워보려 하네.
늦기는 했으나 예문에 입문하여,
열심히 노력하여 발자취를 남기리라.

1998년 3월 24일 終 1985년 3월 24일

修 養

得罪知天畏 不慮憂有身
德望生愛敬 義本衆和親
過慾災殃受 巧言稀少仁
虛心修必善 眞理順吾眞

죄를 지으면 하늘이 무서운줄 알고,
자신을 생각하지 않으면 근심이 생기리라.
덕망으로 생활하면 공경과 사랑 받고,
의를 근본으로 하면 모두 친해지네.
과욕을 부리면 재앙을 받게 되고,
말만 잘하는 자는 어진 자가 드물구나.
마음 비우고 몸 닦으면 착하지 않으리오.
진리에 순종하는 참된 내가 되리라.

1998년 5월 20일

夏天

黃鳥山鳴唱　茂林夏日長
松花瑞霧影　樹葉翠雲光
細柳江邊都　微風野景鄉
蟬聲吟味待　樵客歲時忘

꾀꼬리 산울림 합창하니,
짙은 숲 여름날은 길구나.
솔가루 서무로 드리우고,
나뭇잎 푸른 구름 빛나네.
버들은 서울 강변 드리워,
미풍은 시골의 들경치라.
매미소리 즐기며 기다려,
초객은 세월을 잊고 있네.

1999년 5월 8일

新 綠

綠樹鳥聲弄 老松棲息同
溪川流濁雨 畔岸柳枝風
發暢生長始 落花結實終
森羅萬象起 耕作歲年豊

녹수엔 새소리 재잘대고,
노송엔 새들이 함께 사네.
개천엔 탁수가 흐르는데,
둑가엔 버들가지 나부껴.
싹트니 생장을 시작하고,
꽃지니 열매를 맺는구나.
삼라만상 이처럼 일어나,
경작은 언제나 풍년일세.

1999년 5월 10일

一九九九年慶賀

晚景光華謝　世情順理從
陽春詩集敍　生老壽延庸
市展壯元慶　淨書策勵鋒
市民譽受賞　謹愼琢磨踪

늦경치 빛남에 감사하고,
세정의 순리로 살아가리.
금년 봄에 시집을 펴내니,
늙어도 회갑연 떳떳하네.
서울시전 대상은 경사인데,
채찍질 붓끝은 힘 얻었네.
시민상 수상은 명예로와,
조심과 열심의 자취남기리.

1999년 12월 25일

泰國旅行

泰國旅行記　遊船水屋荒
黃金宮殿史　寺院佛堂祥
南太平洋浴　民村植物香
觀光文化發　淸氣廣坪望

태국을 여행하고 적으니,
유람선 물 위 집 거칠구나.
황금빛 궁전의 역사인데,
사원의 불당은 상서롭네.
남태평양에 목욕을 하고,
민속촌 식물원 향기롭네.
관광문화 제대로 발전했고,
맑은 공기 넓은 땅 희망있네.

2000년 5월 10일

於干野談

萬山冬月皎 廣野雪原晴
犬走梅花落 鷄行竹葉成
寒江漁釣老 溫水浴遊祿
孩抱同心話 村翁至樂情

온산에 겨울 달은 밝은데,
넓은 들 설원은 개이구나.
개 달리니 매화꽃 떨어져,
닭 지나니 댓잎이 흔들리네.
찬강에 노인은 낚시하고,
온수엔 아이가 목욕하네.
아이와 한 마음 대화하니,
시골노인 정답고 즐겁구나.

2001년 10월 7일

五大山山行

秋野黃波動　連峰緞屛如
深山楓火海　溪谷葉漂渠
石壁看神斧　雲開降帝車
金風徐裸木　騷客詠心書

가을들에 황금물결 이니,
연봉은 비단결 병풍일세.
심산에 단풍은 불바단데,
계곡엔 낙엽이 떠내려가네.
절벽은 신의 도끼 솜씨인가,
구름걷혀 임금수레 오는 듯.
추풍에 서서히 나무 옷 벗는데,
소객은 마음을 읊조리네.

2001년 10월 23일

四季頌

春風香夢景　花信節期形
夏日浮雲黑　雨過深樹青
秋山楓葉落　霜降草頭經
冬至當年暮　雪峰遠寫屛

봄바람 향기로운 꿈 경치,
꽃소식 절기의 형상일세.
여름날 먹구름 떠가는데,
비 지나가니 나무 짙푸르네.
가을 산엔 단풍잎 지는데,
풀잎 끝 서리가 내리구나.
동지라 당년은 저무는데,
설봉 멀리 옮긴 병풍인가.

2002년 4월 22일

清泠浦

流配清泠浦　連峯絶景鄉
山精遊獸樂　水禁鳥飛行
雲散浮流去　風塵月影望
忠松傾側所　往世觀音章

단종의 유배지 청령포는,
연봉의 절경인 시골일세.
산울림 산짐승 뛰며 즐겨,
물에 놀던 새는 날아올라.
구름은 물과 함께 흐르고,
풍진세상 달빛만 바라보네.
충절의 솔도 기울어 있고,
가는 세상 관음송이 장표로다.

2004년 4월 27일

致意

舞鶴雲煙到　遠望獨自峯
曉光青靄氣　堂室墨香濃
書道長生夢　揮毫錦字龍
專精時習就　致意晩成鋒

학 날 듯 운연이 일어나니,
앞날의 희망에 정봉찾네.
새벽빛 서광의 푸른기운,
당실의 묵향은 더욱짙네.
서도는 장생의 꿈이건만,
휘호는 훌륭한 필적일세.
예문에 노력으로 이룸은,
대기만성 붓으로 이루리.

2005년 5월 15일

親善交流展

韓中親善展 賢者墨香緣
詩客和應靜 筆情友好連
殿堂遊藝厚 龍虎淨書筵
飛動揮毫雅 聲望筆勢傳

한중의 친선 교류전을,
어진 자들이 묵향으로 만났구나.
시객들은 화응으로 안정하게,
필정으로 우호는 붓끝으로 이어지고.
전당에서 예술의 뜻에 후덕을 남기고,
용호가 견주듯 맑은 글씨는 자리를 만들고.
생동감 있는 휘호를 우아하게,
성망있는 필세로 전하리라.

2009년 1월 10일

鄕夢成就

鄕親遊藝靜 萬傾野人揮
素志聲望琢 騷人墨客歸
古稀鄕夢就 大器晩成希
生動淸書習 飛翔筆勢暉

고향 친우들과 서예를 즐기며 안정으로
정목 만경야인은 휘호를 하오니.
본디 뜻을 들고 성망을 위해 탁마하여
소인묵객 되어 돌아가노라.
고희 넘어 고향을 그리워하는 꿈을 꾸며,
대기만성 하는 열정에 희망을 얻어.
생동감 있는 맑은 글씨를 시습하여,
비상의 필세로 밝은 빛을 얻으리라.

2009년 1월 10일

追憶의 永登浦驛

事緣追憶驛 歸路故鄕情
就世靑雲夢 哀歡汽笛鳴
黑煙多事鐵 遠志錦鄕聲
望達華京變 斜陽往歲傾

사연도 많은 추억의 영등포역,
오고 가는 고향의 정감이고.
청운의 꿈 안고 세상에 나아감에,
애환의 기적소리만 울어대노라.
검은 연기 속에 일도 많은 철길 따라,
원대한 뜻 금의환향에 성원을 받을까.
희망찬 화려한 도시 변신 속에,
석양의 가는 세월은 기울어지노라.

2009년 1월 21일

兄任의 逝去

逝天家兄悼 同氣落花痕
生日哀歡卒 餘情不忘尊
人生空手去 生涯慾心存
永慕堂幽靜 歸天極樂恩

하늘로 가신 가형님의 애도는,
동기간이 낙화되어 흔적만 남는구나.
74세 생일날 애환 속에 인생을 마치고,
남은 정을 잊지 않고 존경 하나이다.
인생은 공수래 공수거라,
한 세상 욕심 부리며 살았을까.
영묘당에서 편안히 안정하시고,
하늘에 돌아가 극락에서 은총을 받으소서.

2009년 6월 28일 終

歲月不還元

過客流光去 青春蓋笠行
親迎人氣未 用度不能傾
燈火風前往 還元歲月爭
無常生路命 虛實靜思精

나그네는 빠른 세월에
청춘을 묻고 가노니
반겨줄 사람 없고
쓸 곳 없음에 기울었도다
풍전등화에
되돌릴 수 없는 세월은 다투어가네
덧없는 생로에 운명이니
허와 실에 정진하노라

2009년 8월 15일

書藝人生

淺學書生藝　充然有得誠
晚時之歎習　初志素望成
遠到精勤就　琢磨善意爭
筆興親故樂　萬里墨香淸

천학 비재한 서생은 예문에 입문하여,
만족함을 생각하며 정성을 다하고.
시기를 잃어 한탄 않고 배움을,
처음 뜻에 바램을 이루어 보리라.
배움은 멀지만 부지런히 노력함에,
갈고 닦음은 선의의 경쟁이 있음이라.
붓의 흥취에 친구되어 즐겁고,
묵향 만리에 맑음을 느끼리라.

2010년 3월 21일

無所有

空手來空去 欲望得利生
因緣金貨獲 運退散財傾
富貴浮雲若 物心愛着情
神明正道靜 無所有和平

빈손으로 왔다 빈손으로 가는 것을,
욕심과 득리에 살아갈까.
인연이 되어 금화를 얻었거늘,
운이 물러나니 재물은 흩어져 기울어지도다.
부와 귀는 뜬구름 같은 것을,
물심에 애착을 느끼며 살까.
사람의 마음을 바른길에 사물을 관찰하고,
무소유 속에 화평하게 세상사를.

2010년 7월 4일

復元光化門

歷史重難恥 復元盛化門
威堂姿態建 民族自尊孫
程里京城偉 丹青美麗翻
開通光復節 慶賀萬人魂

역사의 중난 속에 치욕을 떨쳐버리고,
복원된 광화문이 성대하구나.
위풍당당한 자태로 중건되어,
민족의 자존심을 후손에 전하리.
서울 중심의 이정표가 위대하고,
곱고 아름다운 단청은 날을 듯 하구나.
65주년 광복절에 개통하니,
경하하며 만인들의 혼을 담았으리라.

2010년 8월 17일

平昌冬季確定

精氣大關嶺 通天南亞共
邊方韓國躍 主役萬邦龍
冬季平昌確 夜深歡喜庸
民望華實道 聲勢播揚峯

정기 받은 대관령이,
남아공까지 통천되었구나.
변방의 한국이 뛰어,
만방의 용머리가 되었고.
동계올림픽 평창이 확정되니,
밤이 깊도록 환희 소리 떳떳하구나.
국민 희망 속에 열매 맺은 강원도,
명성과 위세가 산봉우리가 되는구나.

2011년 7월 7일

聞慶새재

聞慶鄕清淨　秀麗鳥嶺名
舊山房偶濁　各菜檝肴情
黃土無聲步　洗心萬里城
松花飛散綠　香夢景勝驚

문경새재는 향촌의 청정지역,
수려한 조령산은 명산이로다.
옛 산방 모퉁이에서 탁주 한 잔,
각 산채 부침의 안주가 정겹구나.
황토길 맨발로 소리 없이 걸으며,
숲 향기에 마음을 씻고 만리성을 쌓는구려.
송화가루는 녹음 속에 흩어지고,
향기로운 꿈에 좋은 경치 놀랍구나.

2011년 6월 12일

不動의 獨島

孤寂天然立 我邦獨島青
翠光東海夏 雲霧雪寒經
萬里風來變 節期氣象形
鳥聲華實地 不動國花庭

외롭고 쓸쓸히 자연으로 우뚝 서 있는,
우리 땅 독도는 푸르구나.
푸른빛 동해바다에 여름 맞고,
구름 안개 속 설한 속에 떳떳하구나.
만리서 바람 불어도 변하지 않고,
절기따라 기상의 형태도 변화하고.
새소리 꽃피고 열매 맺는 우리 땅,
부동의 땅에서 무궁화도 피는 정원 되리라.

2012년 9월 30일

斜陽의 人生

歲月斜陽路 書生退色遷
遠望常道夢 近者暮雲邊
留我庸行顧 自身處地賢
殘光遊藝就 餘滴枯池專

가는 세월 따라 기울어진 길목에서,
내 인생은 빛바램이 되어 바뀌어 가누나.
멀리 바라보며 바른길로 감은 꿈이거늘,
근래는 저물어가는 구름의 변방으로 가네.
어디쯤 머물고 있는가 떳떳한 생활을 되돌아보고,
자신이 처해있는 위치를 현명하게 보라.
빛이 넘어가기 전에 기예를 즐기며 나아가고,
쓰다 남은 먹물이 마를때 까지 전심전력하리라.

2010년 7월 25일

書道長生

歲暮過懷感　墨痕顧重望
無常書客後　草露野人傷
書道長生藝　依歸筆墨香
晚來途遠痛　黑虎祥瑞揚

선달그믐을 넘기며 지난 일에 감회를 느끼며
묵흔에 돌보고 중히 여기며 소망을 갈는다
덧 없는 서객은 세상을 후회하리요
초로의 야인은 심신이 상하구나
서도는 길게 생존하는 예술이요
노후에는 서예를 의지하며 묵향에 젖네
해는 지는데 갈 길은 멀고 마음이 괴롭도다
흑호는 상서로운 해로부터 드러내고 싶구나

2022년 1월 31일

湖南平野

萬頃平野少　碧骨堤思鄕
逍風興福寺　江邊孔德場
金堤鄕校史　民俗農樂堂
碧城金山寺　地平線野香

우리나라 곡창 만경평야 소년 시절
자랑스러운 벽골제의 내 고향이로다
흥복사에 소풍 가던 어린 시절 그립고
만경 강변 공덕면 나의 출생지였도다
교육 문화 김제 향교가 역사를 이루고
농경문화 먼 속의 김제 농악의 한마당이로다.
옛 지명 벽성군 불교문화 금산사요
호남평야 지평선 야촌의 향기로다.

2020년 4월 19일

雪嶽山

大青峰東海　鳳頂庵佛經
雪嶽山名勝　寒溪嶺翠屏
白雲深處谷　飛龍瀑布翎
絶佳百潭寺　鐸聲鳥啼寧

대청봉 정상에 오르니 동해가 보이고
산등성 봉정암에서 불경소리 들리네
설악산은 과연 명승지요
한계령은 푸르른 병풍 같구나
흰 구름 깊은 곳에 계곡물 흐르고
비룡폭포 내리는 물이 날아가네
절경 이룬 계곡에 유명한 백담사
목탁소리 산새소리에 마음이 편하구나

2020년 3월 3일

長進之望

晩來家慶謝 研究所疏通
老境書生樂 高臺廣室充
生涯安靜活 知足常樂翁
長進望庸德 歲和萬壽雄

늦게 찾아온 가경에 감사하고
죽마루에 서예연구소를 소통하라
늦바탕에 서생은 복락을 이루고
고대광실에 충만 하도다
사는 게 별거냐 정신과 마음이 편안하면 족하지
만족을 알면 항상 즐거운 노익장이로다
장차 희망과 평생의 덕행을 이루고
세월에 꽃이 피듯 만수무강하고 웅필을 이루리라

2020년 3월 2일

智異山

白頭大幹族　氣脈靈山鄉
老姑雲海照　煙霞仙境蒼
天王峯秀雅　佛日瀑布光
松路生花笑　鳥鳴智異揚

백두대간의 줄기는 우리민족의
기맥을 이어간 영산은 남부의 향촌이요
노고단의 운해의 낙조는 빛이 나고
안개와 노을의 절경은 푸른 빛을 내도다
천왕봉은 뛰어나게 수려하고 고상하고
명소를 이룬 불일폭포는 광채를 이루도다
소나무 길에 야생화가 웃어주니
산새소리에 지리산은 양양하구나

2020년 2월 28일

紅 島

濤聲紅島景　紅褐色岩磐
冬栢花衣島　霞光紫翠觀
風蘭香氣袁　岩碧屛風端
滄海燈臺畫　歲華不朽韓

파도 소리의 홍도는 절경을 이루고
홍갈색으로 뒤덮여있는 암반의 섬이로다
붉은 동백꽃이 섬을 뒤덮여 홍도라 하고
노을빛에 자주빛이 장관 이룬 섬이로다
대엽풍란의 향기가 원거리까지 풍기고
기암절벽은 병풍을 이루듯 단아하구나
푸른바다 위에 하얀 등대는 한폭의 그림같고
가는 세월에도 불후의 한반도를 전하리라

2020년 2월 26일

漢拏山

漢拏耽羅島 晩雪鹿潭天
滄海雲峰聖 風濤防築邊
森羅萬象認 綠樹靈山傳
馬躍三多待 城烽日出乾

탐다도를 빛내주는 한라산은
만설의 백록담은 하늘에 내렸도다
푸른 바다의 피어오르는 구름 같은 성산이요
바람과 파도를 막아주는 바닷가로다
세상만사 수많은 현상을 알고 있듯이
늘푸른 한라산은 옛일을 전하리라
망아지 뛰어노는 삼다도는
성산봉에 일출이 일듯이 하늘의 큰덕이 있으리라

2020년 2월 20일

白頭山

白頭韓族脈　神話檀君靈
精氣國歌敬　始原聖地銘
天池雲積雪　浮石野花屛
異域春風靜　願望虎嘯醒

백두산은 한민족의 혈맥이요
단군신화의 영산이로다
정기받아 애국가에 공명하고
국토의 시원 성지로 마음에 새기자
천지에는 흰구름 하얀 눈 쌓이고
하얀 부석은 들꽃과 병풍을 이루도다
이역 땅에 봄바람이 불 듯 평정을 이루고
원하건데 백두산 호랑이 소리에 잠을 깨라

2020년 2월 18일

世事喜怒哀樂

富有無錢活 寒村雪降生
賢人愚者意 貴賤施與情
喜怒哀樂事 德聲敬愛平
曉光微笑煥 善道世變爭

있는 대로 없는 대로 살아가고
쓸쓸한 마을에 눈이 내려도 살아간다
현인과 어리석은 자도 뜻을 같이하며
귀하고 천함에도 베풀고 함께 정나누고
희노애락의 고달픈 인생사에
덕성으로 공경하고 사랑하니 화평하구나
매일 아침햇살은 미소로 빛내주고
인간은 선하건만 세상변화로 경쟁을 하노라

2024년 7월 20일

米壽迎

黃昏來到靜 米壽樂天迎
活動繁忙顧 不歸歲月精
詩書俱老就 教學晩成聲
善道書生熱 始終素志誠

황혼에 이르러 고요한 마음으로
88세를 하늘의 뜻으로 알고 맞이하노라
활동이 바빠서 뒤돌아 보지 않았으니
돌아오지 않는 세월에 더욱 정진하리라
시서로 함께 늙어가며 일취월장하여
가르치고 배워서 대기만성하고 명성을 얻으리
선도를 우선하고 문하생에 열정 다하며
시종일관 소박한 뜻을 담아 정성을 다하리라

2024년 7월 23일

제4장 칠언율시

樂者常壽

喜壽

斜陽行路落霞邊 日暮途遠年紀天
白髮老身心不老 晩時之歎意望賢
雪飛梅發忍冬草 枯葉風霜元氣堅
喜壽無常流歲數 餘生能盡墨魂傳

석양빛 인생의 행로에 저녁노을이 해변에 비추니,
이미 늙어서 목적한 것을 쉽게 달성 못하노니 늙어감은 하늘의 뜻이로다.
백발되어 몸은 늙었지만 마음은 늙지 않는구려,
모든 일 시기를 잃고 탄식하노니 내 뜻을 바라며 현명하게 살리라.
눈이 내려도 매화는 피어나듯이 겨울을 견디는 초목이 있듯이,
마른 나뭇잎도 풍상을 겪어내야 원기를 견고히 얻으리라.
내 나이 77세라 인생무상의 흐르는 세월은 숫자에 불과하니,
남은 여생에 능력을 다하여 묵혼을 펴 전하리라.

2014년 1월 10일

萬頃野人

地平線萬頃牛耕 孔德孤村雪夜生
雲雀松花飛散徑 春窮麥嶺野民精
茅亭濁酒百中樂 廣野農歌邨老情
豊作雁來風紙促 朔風气笛遠行傾

삭풍과 기적소리와 함께 먼길을 떠돌다보니 기울어진 달이 되었구나.
지평선의 만경평야 소가 논 갈고 밭가는 들판에,
공덕면 둔기부락 외딴마을에서 추운 겨울밤에 태어났도다.
종달새 울고 송화가루 날리는 봄날 오솔길에서 뛰어 놀던 때는,
춘궁기 살기 어려운 보릿고개 농민들은 정신력으로 생활을 하도다.
모정에서 백중날 농부들은 피로함을 탁주 한잔에 즐거워하고,
들판에는 농부가 소리에 시골 촌노들은 정겨워 하노라.
풍년들에는 기러기 날아오니 문풍지 울음소리에 겨울을 재촉하네.

2013년 11월 30일

事親報恩

事親思慕不忘孫　枝葉滿堂風動存
母體孕胎慈娩痛　父精子息骨相根
育兒愛重情生苦　奉養深供欲逝昏
先地悔過眞不孝　昊天罔極報誠恩

어버이를 사모하고 잊지 않음은 자식의 도리요,
가지 많은 나무에 바람 잘 날 없어도 버젓이 존재하네.
어머니는 잉태하여 자애로 분만의 고통을 참으며,
자식들은 아버지의 정신을 이어받아 근본을 이룬다.
어렸을 때 애지중지 기른 후의 고생은 정으로 감싸고,
봉양을 하고프나 어버이는 기다려 주시지 않는구나.
선영에 엎드려 불효를 후회하고 사죄해 본 들,
호천 망극한 은혜에 무엇으로 보답을 할까.

1998년 8월 20일

漢 江

漢江奇蹟活希望　水動自然進順行
栗島樂園生候鳥　追思廣野白沙場
孤舟黃布遠風景　魚躍釣徒歲月忘
流水不休從氣象　我邦發展願雲祥

한강은 기적 낳아 활기와 희망에 넘쳐있고,
흐르는 강물은 자연의 순행을 따르고 있구나.
밤섬은 철새들이 살아가는 낙원인데,
드넓은 백사장은 추억으로 생각하네.
외로운 황포돛대는 멀리서 풍경을 이루고,
물고기가 뛰어노니 낚시꾼들 세월 잊네.
흐르는 한강물은 쉼 없이 기상 좇고,
상서로운 구름도 나라 발전 바라네.

1998년 8월 5일

春陽

遠鄕春色到來年　季節陽風山越先
一朶梅香飛散去　萬花河岸連翹連
南村池畔躍蛙地　東嶺野歌沅鳥天
和景烟光草笛想　吟詩舊友柳絲邊

먼시골 춘색은 금년에도 찾아드니,
계절 따라 봄바람 산 너머 먼저 부네.
한 송이 매화 향기 흩날리니,
만발한 강언덕엔 개나리로 이어졌네.
남촌의 연못가 개구리가 깨어 놀고,
동령엔 농가소리 새들이 지저귀네.
아지랑이 봄날엔 풀피리 생각나고,
시 읊은 옛 친구 버들가에 앉아 있네.

1999년 3월 12일

六月

春來瑞氣泰山圍 歲去蒼空雲雀飛
夏季樹林鳴笛播 署中松徑鳥聲飛
秋風紅葉地盤落 菊月雁行天界飛
冬夜清光霜露降 寒村陰散雪花飛

봄이 오니 서기는 태산을 둘렀는데,
새 봄 가니 창공엔 종달새 날아드네.
하계의 숲 속엔 피리소리 흩어지고,
복중에 오솔길엔 새소리 내는구나.
추풍에 낙엽은 땅 위에 떨어지니,
국화에 기러기는 하늘을 나는구나.
겨울밤 밝은 빛 서리 이슬 내리는데
시골은 음산하니 눈 꽃이 휘날리네.

1999년 6월 25일

金剛山

金剛春季夏蓬萊　楓嶽後冬皆骨同
古寺老僧禪定道　青松舞鶴白雲空
千峰萬壑屛風遠　岩壁飛龍瀑布虹
天下名山珍妙處　畵中騷客感興豊

금강산은 봄철이요 여름은 봉래산,
가을은 풍악이요 겨울같은 개골산.
고사에서 노승은 선정에 도를 닦고,
청솔에 학나니 흰구름은 빈 하늘에.
천봉과 골짝은 병풍처럼 둘렀는데,
암벽의 비룡폭포 무지개가 걸렸네.
천하의 명산이라 진기하고 묘하니,
그림속 시객들은 감흥이 풍부하네.

1999년 9월 17일

初冬

瑞光嶺上氣流東 歲序四時還去同
深谷孤松濃霧白 萬山落葉紫煙紅
凍天霜樹雲遊日 寒節雪花下散風
草露人生虛老嘆 書窓月照語文窮

서광은 영마루에 동으로 기류 흘러,
세월 바뀐 사계절 오고 감 동일하네.
깊은 계곡 외솔은 안개로 하얀데,
온산에 단풍은 자줏빛 붉게 보여.
서리 맞은 나무는 구름과 노는데,
추운겨울 눈꽃은 바람에 흩어지네.
초로인생 허무해 늙음을 한탄하니,
서창에 달 비치니 희망을 생각하네.

1999년 12월 1일

故鄕春信

鄕村春信遠南陽　草笛鳥聲江岸楊
鷄犬相聞遊草笠　樵童同伴去桑娘
少時無學不能悟　老境藝文知者望
情感陽風生故處　迎花淸月醉梅香

남쪽고향 봄소식 아득한 햇볕인데,
풀피리 새소리와 강둑의 버들일세.
닭소리 개 소리에 아이도 뛰노는데,
초동과 동반하던 뽕 아가씨 어디갔나.
어릴적 배움 없어 무능함을 깨닫고,
느지막이 예문으로 밝은 사람 되노라.
봄바람에 심란하니 살던 곳 생각나고,
밝은 달 매화 구경 그 향기에 취하네.

2000년 3월 7일

恩師感謝

是生立志杲岡光 行草白山章習揚
詩集農山書協入 騷人墨客晩成望
廬天篆隷藝文效 教學相長俱老長
不信師徒修養未 正心筆硯座銘行

시생입지 세워주신 고강선생 고맙고,
백산선생 행초서 장법 익혀 드러냈네.
농산선생 한시 수업 서협 입상 들었고,
시인과 서객 뜻 늦게 이뤄 희망찾네.
여천선생 전·예서 예문을 배워서,
교학상장 교훈으로 함께 늙어 오래가리.
불신하는 사도간은 수양의 부족이니,
바른 마음 붓 짓으로 좌우명 행하리라.

2000년 4월 30일

無愧墨客騷人

過望傷氣順正生　慾速於心制慾誠
自過不知行道德　無名之士靜修精
流芳百世藝文意　落筆日新吟客聲
無愧墨人雲樹琢　老年三友樂天情

과욕은 마음 상해 순리로 생활하고,
얼른 성공 원함은 욕심 억제 성실로.
자기잘못 모르니 바른 행보 덕되고,
무명의 선비로서 조용히 수양하리.
이름을 후세 남길 예문에 뜻을 두고,
붓을 대면 새롭게 시 읊은 소리내네.
떳떳한 서예인 되기 위해 탁마하며,
노년에 세 벗과 정 나누며 살아가리.

2000년 5월 20일

聽於京義線復元

京義復元歡喜消　往來不遠自由橋
會談南北相通到　協助友邦共感邀
鐵馬走行漢半島　汽聲鐵路地球腰
越江廣野風生疾　統一列車始發要

경의선 복원은 기쁜 소식 분명하고,
머지않아 오고가는 자유의 다리되네.
회담으로 남북은 상통하게 되었으니,
협조하는 우방들도 똑같이 감격하네.
철마는 내달려서 한반도를 움직이고,
기적소리 철로는 지구촌의 허리로다.
강건너 벌판에서 바람이 일어나 듯,
통일하여 열차가 출발하길 바라노라.

2000년 8월 5일

見於離散家族相逢

誰何統合願心從 離散相逢擧族同
感悔歡聲天地內 動心喜笑世波中
京平親戚往來處 邦慶萬人歡待通
破壁越城開放起 和應民智志望隆

뉘 어찌 남북통일 원함을 따르는고,
이산가족 상봉하니 겨레마음 똑같네.
감회의 탄성은 하늘 땅을 울려놓고,
마음의 기쁨은 세파 속에 자리하네.
서울 평양 친척들은 오가는 곳이니,
나라 경사 만인은 환대에 통감하네.
장벽괴멸 담 넘으니 개방물결 일어나,
화응하는 국민슬기 뜻대로 융화하리.

2000년 8월 28일

祝六·二五南北頂上共同聲明

天池白鹿與迎春　頂上聲明史刷新
冷戰有終安歲月　平和協定泰風塵
京平來往逢親族　南北相通連萬人
離散血緣先再會　願成統一協同伸

천지에서 백록까지 더불어 봄을 맞고,
두 정상의 공동성명 역사를 쇄신하네.
냉전의 끝을 맺어 안정의 나날이 되고,
평화의 협정 맺고 태평성대 넉넉하네.
서울 평양 오가면서 친족들을 만나니,
남북이 서로 통해 모두 사람 이어지네.
헤어진 혈연들이 우선하여 만난다면,
원하건대 통일로 협동하여 펼쳐가리.

2000년 9월 1일

洌上卽景

朔風染氣漢江流 畔岸水中明月浮
秋夜遊船光映渚 冬天候鳥聽聲洲
霜花寒木釣師樂 降雪結氷禽黙遊
栗島鴻飛鳴雁廳 詩情洌上卽吟收

삭풍에 대기오염 한강에 흘려놓고,
강둑에서 물 보니 밝은 달 떠있네.
추야에 유람선은 물가에 빛을내니,
동절에 철새소리 물가에 들리누나.
서리꽃은 찬나무 낚시꾼들 즐겁고,
결빙에 눈내려도 금수들은 노니네.
밤섬엔 기러기 우는소리 들리는데,
한강의 시정은 읊어야만 거두노라.

2000년 12월 15일

雙童生日一週年迎

冑孫雙女一週年 才弄笑容慈愛蓮
己卯誕生姸麗貴 戊寅祖父血緣連
童顔幸福童心泰 子姓健康家祚乾
金子童我長壽富 有名天下得功賢

맏손주 쌍둥이가 벌써 돌이 되었나.
아이재롱 웃는 얼굴 연꽃처럼 사랑해.
이천년에 탄생해도 예쁘고 귀여우니,
호랑이띠 조부와 혈연으로 이어졌네.
아이의 얼굴보면 행복태평 동심되니,
자손이 건강함은 가정길조 하늘은덕.
은자동아 금자동아 장수에 부귀영화,
유명천하 성공하여 현명하게 살아다오.

2001년 1월 5일

梅花

書窓殘雪雪梅陽　未發橫枝凝畔楊
獨自開花姿態靜　孤寒數朶美人芳
早傳春信笑容色　晩霞冬天畵景香
和氣滿堂期節暢　吟風弄月筆華常

서창가엔 잔설이 양지쪽 설중매는,
피지않은 옆가지 밭둑버들 엉켰네.
스스로 피었으니 자태는 고요한데,
외롭게 핀 몇송이 미인처럼 곱구나.
일찍 전한 봄소식에 웃는 얼굴빛은,
겨울하늘 저녁노을 그림에 향기느껴.
화기가 만당하니 환절기가 화창하고,
달 보고 시 읊으니 언제나 붓꽃 피네.

2001년 2월 28일

三一節有感

我邦獨立喊聲當　老少黎民擧事揚
己未先人忠義道　歲流後世志行場
坊坊曲曲太旗勢　代代孫孫意氣光
三一精神傳習敬　詩書教學報恩香

우리나라 독립은 함성으로 지키니,
늙고 젊은 백성들 거사를 드날리네.
기미년 선인들의 충의를 근원삼아,
세월따라 후세는 지혜의 장을 여네.
방방곡곡 태극기 위세를 떨치는데,
대대손손 옳은 기운 무한히 빛나네.
삼일정신 가르쳐 훈계를 전하면서,
시서를 서로 배워 보은의 향기찾네.

2001년 3월 5일

寒梅

書窓陽氣瑞光年 春信雪梅意盡憐
郊外山隅花影日 鄉原畔岸荻含煙
橫枝一朶未開下 倒樹數梢自發邊
香夢餘情和景動 逢場風月感興連

서창가에 양기는 상서로운 해인데,
봄소식 설중매 뜻을 다해 어여쁘네.
교외의 산모퉁이 햇살에 꽃그림자,
시골의 언덕갈대 안개를 머금었네.
옆가지엔 한떨기 피지 않고 있으나,
넘어진 나무끝에 스스로 피어있네.
향몽에 남은 정 봄 경치 움직이니,
만나서 시읊으니 감흥이 이어지네.

2001년 4월 20일

換節有感

歲華換節自然還 陽暑交流綠樹頑
雲雀弄春生氣體 野花初夏笑香顔
日和天瑞白雲散 夜景星光風月閑
墨客騷人文藝志 流年身老少心環

세월따른 환절기 자연히 돌아오니,
봄과 여름 교류에 녹수는 완고하네.
종달새 봄을 희롱 생기있는 모습이,
들꽃은 초여름에 향기롭게 웃는구나.
해맑아 상서롭고 흰 구름 흩어지나,
야경의 별빛아래 음풍농월 한가하네.
묵객과 시인들은 문예에 뜻을 두고,
세월따라 몸늙어도 젊은 마음 그대로.

2001년 6월 10일

避 暑

松陰草席笑談言　避暑風潮追想存
青綠高峰山影靜　淸流溪谷水聲喧
陽天河畔蝶兒舞　陰地樹枝蟬沉煩
幽處夏期情景感　伏中消熱歲流奔

솔그늘에 자리깔고 이야기 꽃피워,
피서의 풍조는 추억으로 존재하네.
청록의 높은 봉 산 그림자 고요하나,
맑은 물 계곡에는 물소리 시끄럽네.
여름날 물가에선 호랑나비 춤추는데,
그늘진 나뭇가지 매미소리 시끌하네.
그윽한 골짜기엔 여름정경 느끼는데,
한 더위 열식히니 세월흐름 분주하네.

2001년 7월 15일

光復五十六週年有感

感歎怨望光復迎　教書歪曲野蠻明
近邦日帝恒時戒　槿域黎民千歲榮
累代不忘倭敵犯　子孫得勢祖先程
史評想起警心活　錦繡江山萬世平

감탄과 원망 많은 광복절 맞았는데,
교과서의 왜곡은 만행이 분명하네.
이웃나라 일제는 언제나 경계해야,
한민족 백성은 천세도록 영화롭네.
대대로 잊지 말라 왜적들의 침범을,
자자손손 득세하여 조상을 뒤따르자.
역사를 상기하여 경계하며 생활해야,
금수라 이 강산이 만대에 화평하리.

2001년 8월 21일

서울讚歌

漢江波動瑞光然　岸畔柳枝飛舞天
霜散秋風楓葉轉　歲寒冬夜雁聲連
蒼空斜景浮雲散　湖水煙霞落照邊
釣士歲流閒日渚　讚歌遠近樂遊船

한강에 물결이니 서광이 그러하고,
강기슭 수양버들 하늘 날 듯 춤추네.
서릿발 흩어지고 가을바람 단풍굴러,
찬기운에 겨울밤 기러기는 울어대네.
푸른 하늘 석양에 뜬 구름 흩어지니,
호수가의 물안개를 낙조가 주변비춰.
낚시꾼 세월가도 물가에서 한가하니,
찬가는 원근에서 놀잇배엔 즐겁구나.

2001년 9월 1일

綠陰

綠陰芳草韻文尋　墨客騷人歲月深
廣野花開應有數　晴天雲去自無心
青山萬里和風動　槿域諸家吉日臨
禾穀生長陽夏德　雨過蟬語鳥聲吟

녹음방초지제에 운문을 찾았더니,
글씨쓰는 시인도 세월도 깊어지네.
들판에 꽃피어도 자연이치 응하고,
청천에 구름가니 스스로 무심하네.
푸른산 만리에도 화풍이 움직이니,
이 나라의 모든 집 길일이 임하네.
농작물이 성장함은 여름의 덕인가,
비오고 매미우니 새소리 음미하네.

2001년 9월 11일

山情無限

晴和楓獄景山行　嶂遠屛風樹海坪
嶺上夕陽鴉陣舞　松徑暮景鳥爭鳴
深溪苔石千年歲　陵線登臨萬里程
峰矣不來情自去　逢場風月詠歌聲

화창한 풍악산에 절경을 산행하니,
먼봉우리 병풍이뤄 산림은 넓구나.
산마루 석양인데 갈까마귀 떼 날고,
솔밭 길 저무니 새 다투어 우는구나.
산골짝 이끼바위 천년 세월 보내고,
능선 따라 올라보니 만리길이로다.
산야는 오지 않아 찾아가서 정느껴,
봉장풍월이라 시나 한 수 읊어 보리.

2001년 11월 26일

落葉

萬山黃葉散花陽 情景落聲思索常
路上丹楓朝步感 枝梢紅柿夕暉望
寒林深處白雲起 枯草霜天斜照相
秋嶺靑嵐松柏節 千峰五色畵風裝

온산에 황엽은 흐트지는 꽃 같으니,
낙엽지는 정경은 사색에 잠겨드네.
노상의 단풍위 걸어보니 가을느껴,
가지끝 홍시는 석양빛에 어울리네.
산골의 깊은 곳엔 흰구름 일어나고,
풀시드는 서리에 해는 이미 저무네.
가을준령 산기운 송백의 지조있어,
찬란한 산봉은 화풍으로 장식하네.

2001년 12월 5일

辛巳歲暮

時不再來斜照生 歲流順理送年迎
新興所欲黃昏到 故志知行晩節耕
名不虛傳研學進 騷人墨客野心盈
暮雲遮月過冬備 老境陽明智德成

시간은 또 안 와도 저녁놀 생기고,
세월은 순리따라 송년을 맞이하네.
새로움 원하지만 황혼에 이르렀고,
오래전의 뜻 위해 늦도록 공부하리.
명불허전 면하려 공부에 더욱힘써,
시쓰는 묵객은 벅찬야심 가득하네.
저녁구름 가려도 월동준비 하듯이,
늙바탕에 밝은 날 지덕으로 이루리.

2001년 12월 11일

迎新曙光

迎新素意曙光東 祥夢志望心緒同
晝夜研磨終有限 風塵情勢事無窮
熟年精進誇身健 長遠苦行喜歲豊
白馬名勝騎手技 藝文時習筆家中

새해맞아 소박함 동에서 서광오니,
좋은 꿈 바라는바 마음은 동일하네.
주야를 연마해도 한계가 있음인데,
세상사 정세는 할 일이 무궁하네.
숙년에 정진하면 건강함 자랑하고,
머나먼 고행도 세풍에는 기쁨있네.
백마가 명승부는 기수의 기능이요,
예문에 노력함은 서생의 마음일세.

2001년 12월 18일

雪松

雪峰靜穩雪風天 飛鶴老松慶瑞年
枯木發榮寒月滿 竹枝純美六花塡
冬江魚釣夕陽絶 廣野雁行斜影綿
凍筆酒香星夜下 玉塵嶺上白雲邊

눈산은 조용하나 하늘엔 눈보라,
노송에 학 드니 금년은 경사롭네.
고목에 꽃피 듯 밝은 달 둥근데,
댓가지에 순미한 눈송이 채웠네.
겨울 강 낚시질 석양은 끊어져,
광야에 기러기 떼 달그늘에 잇네.
언 붓은 술 향기 별 아래 밤맞고,
옥진은 산마루의 흰구름 변이로다.

2002년 1월 2일

加平十月明智山遊

友田親睦數年遊 夫婦同行當日休
明智丹楓成絶景 溪聲曲徑路邊流
中峰瀑布池唐溢 紅染水汎波動浮
岩壁苔花天道靜 亂飛落葉晩秋留

우전친목회원 수 년 만에 야유회라,
부부가 동행하니 당일은 휴무로다.
명지산의 단풍은 절경을 이루었고,
계곡은 굽이쳐 길가따라 흐르구나.
중봉의 폭포아래 연못은 넘치는데,
물위는 붉으레 물결따라 움직이네.
암벽의 이끼꽃 천지자연 고요하니,
흩날리는 낙엽은 늦가을에 머무네.

2002년 10월 20일

永登浦第一金庫研修會

都羅山驛晩秋時　野草落楓風轉移
連鐵京平韓美頂　世稀場所萬人辭
展望臺視開城尺　非武裝原豊穀吹
臨津碧波光送客　無情戰柵截開馳

도라산 역에서도 가을은 저무는데,
들풀과 낙엽만이 바람에 굴러대네.
경평간 철도 연결 한미 양 정상이,
드문 장소에서 세인들의 말을 하네.
저 멀리 바라보니 개성이 지척이라,
비무장 지대들판 곡식익어 나부끼네.
임진강 푸른 물은 손님을 보내는데,
무정한 철책은 언제 가서 끊을거나.

2002년 10월 28일

下龍灣

自然遺産下龍灣　島嶼三千餘個山
雲霧遊船鷗友舞　水平峻峙鷲飛頑
墨巖崖壁奇生樹　峯上孤亭登陟閒
美景越南東海集　避風波不船聲還

베트남의 자연유산 하롱만에 들면,
무인도를 합한 섬 삼천여개 바위산.
운무 속 유람선 갈매기도 춤추는가,
수평선상 솟은 봉 독수리가 나는 듯.
검은 암석 낭떠러지 기생하는 잡목들,
산봉에 외로운 정자 오르니 한가한 섬.
고운경치 월남의 동해에 섬 모이니,
바람피해 파도없어 뱃고동은 돌아와.

2002년 12월 1일

丁木古稀展

古稀展示寫書揚　歲月無常流水忙
星夜清空飛散曉　日華斜照暮年忘
墨光筆勢喜哀感　紙面揮毫時節量
會者定離枯葉落　陽春歸雁順天鄉

고희기념 전시에 글씨로 드날리니,
세월의 무상함이 유수처럼 바쁘네.
별빛은 창공에서 새벽에 흩어지고,
빗긴 석양처럼 저무는 삶 잊구나.
묵광과 필세에서 희로애락 느끼니,
지면에 휘호는 지난시절 헤아리네.
만나면 헤어지듯 마른잎은 떨어져,
봄날 기러기 가듯 마음고향 찾으리.

2004년 2월 10일

南山八角亭

無名八角獨孤亭 木覔守山相伴星
城郭古來苔宸峽 石階今往綠陰庭
淸風不息歲流去 花樹時和嵐氣靑
逢燧都心通信用 廣場塔影鳥聲廳

이름 없이 팔각정은 홀로 서 있는데,
목멱산 지켜주며 별과 서로 짝이되네.
성곽은 옛날 부터 이끼 낀 돌 길인데,
돌계단엔 지금 가도 녹음의 정원일세.
맑은 바람 쉬잖고 세월과 함께가고,
꽃나무는 때 맞춰 푸르름이 감도네.
봉수대는 도심의 통신으로 이용했나,
광장의 탑 그늘엔 새소리가 들려오네.

2004년 7월 15일

金大中大統領平和賞受賞

平和受賞祝儀天　後廣有名功德連
難破志行飛鶴桂　好生正道發華蓮
忍冬草魄白雲潤　海棠花香地上堅
後世羨望榮耀得　與民偕樂萬人傳

평화상 수상을 하늘마저 축하하니,
후광께선 유명하고 공덕은 이어지리.
어려움에 뜻행한 월계관의 학이나니,
옳은 인생 정도에 연꽃이 피어나네.
인동초 정신으로 훌륭하게 되었으니,
해당화 꽃향기는 지상에 굳어지네.
후세에 선망되는 빛난 영화 얻었으니,
여민과 함께 즐겨 만인에게 전하리라.

2004년 10월 5일

思母曲調

大廳堂上愛砧聲 思母曲調慈慕情
親父明紬隣友煖 女娘紅綃杵音平
廚房井水一周鉢 爲族呪文天致誠
織婦機歌燈火舞 夜深汽笛遠鳴行

대청마루엔 사랑스런 다듬잇소리,
사모곡 모친의 따스한 정 느끼네.
아버지 명주옷감 이웃도 따스해,
아가씨의 붉은 비단은 방망이 소리가 정겹네.
부엌에 정화수 한 주발 떠다놓고,
가족위한 주문은 하늘에 정성다해.
베짜는이 베틀노래 등불도 춤추니,
밤깊은 기적소리 멀리서 들려오네.

2004년 10월 5일

古都秋色

京華季節地成形　天高馬肥清氣盈
銀杏黃衣黃菊笑　橫技小鳥細梢鳴
蟋吟窓外朔風促　雁陣虛空月影爭
落木路邊秋景感　都心楓葉踏人聲

변화한 서울계절 땅에서 모양내고,
천고마비 계절에 청기가 가득하네.
은행잎 노란옷에 국화도 곱게피니,
옆가지 소조는 그 끝에서 울어대네.
귀뚜라미 창밖의 삭풍을 재촉하나,
기러기 허공날며 달 그늘과 다투네.
잎떨어진 길가에서 가을풍경 느끼니,
도심에도 단풍잎 밟는 소리 들리네.

2004년 10월 9일

永登浦

江靈登祭永登胎 放鶴湖津情景苔
鈍濁鐵聲生動市 商風淸世曉明催
楊花斜照漢都麗 櫻發賞春輪路來
跳躍在鄕勝地處 木蓮靑雁曙光開

한강나루 영등제가 영등포를 낳았고,
방학호진 정경보면 이끼만 끼어있네.
둔탁한 망치 소리 생동하는 시가지,
상권바람 맑은세상 새벽을 재촉하네.
양화폭포 저녁놀 한강변의 도시곱고,
밤벚꽃 구경하러 윤중로에 찾아드네.
도약하는 내 고장 살기좋은 이곳에,
목련피고 청둥오리 서광이 열리노라.

2004년 10월 15일

洌上小春

南山松柏歲時年 洌水銀波飛鳥先
紅葉浮流凍氣信 散華雲影早霜燃
蟋聲季節促秋感 雁陣冬風爭進牽
釣老寒河魚躍弄 小春祥月照江邊

남산의 송백도 일년은 사계절인데,
한강의 은파위엔 새먼저 날라가네.
단풍잎 물에 띄워 가을소식 전하니,
흩어진 꽃잎에 이른 서리 불사르네.
귀뚜라미 계절 가을 재촉 느끼고,
기러기 겨울바람 다투어 강요하네.
낚시꾼 찬 강에서 물고기 희롱하니,
시월의 상월은 강변에도 비춰주네.

2004년 11월

書藝哲學尊重

臨池變黑學書香　藝術創新毫素昌
連筆基本三折致　理論實技靜修荒
人書俱老遠行競　墨色淋釉章法揚
心手相應專意習　雲烟生動氣風光

연못이 까맣게 변하듯이 학서향기,
예술의 새로움에 붓종이도 성하네.
운필의 기본은 삼절법에 이어내고,
이론실기 수양함은 아득히 멀구나.
사람 글씨 함께 익어 원행을 견주니,
먹빛도 윤이나고 장법은 거양되네.
마음 손 상응하여 한뜻을 배웠더니,
멋진글씨 살아있듯 기풍이 빛나네.

2005년 1월 12일

獨島

海山獨島海東年 呼訴友邦領土連
警告妄言天怒畏 倭人挑發感情緣
主權守護民聲省 國力伸長和政先
萬古風霜無變處 永存後世不忘傳

바다의 산 독도는 옛 부터 우리 땅,
우방에 호소하자 우리 영토였네.
망언을 경고하자 천노가 두렵잖나,
왜인들의 도발은 서운한 인연 일세.
주권을 지키고 국민소리 분명하니,
국력의 성장은 화합정치 우선일세.
만고의 풍상에도 이겨낸 멋진 이 곳,
후세까지 영원히 잊지 말고 전하세.

2005년 4월 13일

春景一隅

櫻花夜景賞春聲 輪路清光飛散驚
萬里銀河清露照 眼前技葉綠羅橫
白雲弄月不言靜 漢水波紋無想明
江畔連翹留步夢 和風芳樹暗香盈

벚꽃 핀 야경의 상춘객은 소리내고,
윤중로 밝은 달빛 놀라며 흩어지네.
저 멀리의 은하수는 푸르게 비추는데,
눈앞의 나뭇잎은 녹색의 비단 같구나.
흰 구름 달을 희롱 말 없이 고요한데,
한강수 물결 속은 생각없이 움직이네.
강언덕 개나리에 꿈 같이 걸음 멈춰,
봄바람 나무향기 꽃향기도 가득하네.

2005년 5월 일

내故鄕永登浦

半平生活愛情鄕　晩學希望時習量
水滴石穿精進歲　人書俱老琢磨章
詩文墨客意成致　書藝師徒將就長
浦里常居天理德　筆家我用善行揚

반평생을 살아온 정든 영등포,
만학의 희망속에 기량을 길렀네.
물방울이 돌 뚫는 정진의 세월에,
글 사람 익으니 열심히 글 쓰리.
시문하는 묵객으로 뜻을 이루어,
서예로 사제가 끝없이 성장하네.
영등포에 사는 건 하늘의 덕이요,
붓질로 나 또한 선행을 드날리리.

2005년 10월 3일

綠陰如海

岸邊楊柳釣漁江　春景高飛玄鳥雙
樹木參天亭子枕　山明水麗白雲窓
斜風雨後烟霞界　草露彩光瑞夢邦
樵老濃陰鄉友想　前庭遊躍往時尨

언덕가 버들아래 낚시질을 하는 강,
봄경치 높이 나는 제비는 한 쌍이라.
수목이 가려주는 정자에서 누웠더니,
산 곱고 물 맑은데 흰 구름은 창이루네.
비낀바람 비온 뒤 안개노을 경계이뤄,
풀이슬이 반짝이니 길몽의 경사로다.
녹음아래 나뭇꾼 고향친구 생각하니,
앞뜰에 뛰어노는 삽살개도 그때 생각.

2002년 5월 7일

咸平國際蝴蝶祝祭

咸平蝴蝶祝筵揚　花海舞蛾純美光
多彩野生天地喚　自然生態現場桑
黃金蝙蝠造型細　標本昆虫形象鄉
國際大成迎接儀　世人歡喜展品望

함평 나비축제의 자리는 국위선양 하고,
꽃과 함께 춤추는 나비는 순수하게 빛을 내누나.
다채로운 야생물은 함평천지 환호하고,
자연의 생태현장에는 뽕나무 누에가 있구나.
황금박쥐의 형상은 아주 세밀하고,
곤충표본의 형상은 향토예술이로다.
국제적 대성하여 영접하며 의례를 지키니,
세인들의 환희찬 나비축제가 희망차구나.

2008년 4월 30일

盧武鉉前大統領逝去

權不十年悲運生　自然片片嶺雲行
歸鄕峯下鵂岩擲　悲劇政治運命橫
驚歎庶人哀悼祈　波瀾萬丈統治聲
惜情追慕人山海　世事榮枯逝去旌

권불십년세월 비운의 생애는,
자연의 한 조각이 되어 재를 넘어 구름에 따라 가는구나.
고향 봉하마을 부엉이 바위에 몸을 던져,
비극의 정치 속에 운명의 횡사로다.
놀라 하는 서인들은 애도하고 기도하며,
파란만장한 통치 원성소리 들리네.
애석한 정에 추모객은 인산인해를 이루고,
세사는 성함과 쇠함이 있듯 명정은 서거를 알리도다.

2009년 5월 23일

서울廣場路祭

追慕熱情坊曲虞　廣場路祭數人嗚
英雄後代顯名永　碑石心中遠去盧
無我曉天長別黙　落花片葉夢魂軀
諸民與世共存逝　冥福敬虔歲月俱

추모의 열정은 방방곡곡에서 우제에 묵념하고,
서울 광장 노제에 수많은 사람들이 오열하며.
영웅은 후대에 이름이 나타나 영원하고,
비석은 마음속에 세워 노무현 전대통령을 멀리 보내노라.
무아지경 새벽 하늘아래 멀리 떠나 침묵 흐르고,
낙화되어 한 조각 잎이 꿈의 혼 되어 신명이 되었구나.
모든 사람과 세상을 더불어 공존하자던 임은 가고,
명복을 빌며 경건하게 세월과 함께하노라.

2009년 5월 29일

金大中前大統領逝去

2009. 8. 18.

賢君逝去友邦悲 民主先鋒偉業爲
權利伸張雄志意 協和容恕實行遺
波瀾萬丈旅程德 不義之人不協治
不滅忍冬春草靜 靈前祈禱永眠祗

현군의 서거에 우방에서도 비통해하고,
민주화의 선봉에서 위업을 남긴 위정자 였도다.
인권 신장을 위하여 웅지의 뜻을 갖고,
화협하고 용서를 실행함을 유지로 남겼구나.
파란 만장한 여정은 덕업을 남기고,
불의에 어긋난 자와는 타협하지 않는 정치가였도다.
불멸의 인동초 봄풀은 고요하거늘,
영전에 기도하며 영면을 삼가 공경 하나이다.

2009년 8월 26일

仙遊島

風塵歲月漢江知　追憶仙遊峰跡遺
黃布帆船懷古顧　公園生態綠池枝
島邊流水無休去　群樂楊花飛鳥戲
登浦名勝傳播有　景雲地臭草香嘻

풍진세월에 흘러감은 한강은 알고 있겠지,
추억의 선유봉은 옛 자취만 남았구나.
황포 돛단배는 옛 생각을 되돌아 보게하고,
생태공원으로 태어나 푸른 물 나뭇가지 늘어졌구나.
선유도의 물은 쉬지 않고 흘러가고,
군락을 이룬 양버들에 새 날아와 희롱하노라.
영등포의 명승지로 전해 널리 퍼져 유명 해지고,
하늘은 흰구름 흙냄새 풀 향기에 화려하게 웃는구나.

2009년 11월 5일

水流山房

雪原孤屋溫和陽　啼鳥風聲好友相
自我誰何正道進　吾身意志靜修房
花開視草難重歲　華美心情感謝香
殘夢精神無所有　餘生書藝曠望翔

눈 덮인 외로운 집에 온화한 기운이 도는데,
새소리 바람소리에 좋은 벗으로 상생 하는구나.
나는 누구인가 바른길을 가고 있는가,
자신을 의지하며 산류산방에서 수양하리.
꽃피는 것을 보거든 어려운 세월이 있음에,
곱고 아름다움을 가슴속으로 감사의 향기를 알라.
남은 꿈은 무소유의 정신으로,
여생은 서도를 널리 바라보며 비상하리라.

2010년 3월 15일

白翎島의 英雄

諸君命令對歸家　西海英雄戰友嗟
寒氣白翎波濤痛　夜風怨恨歎聲譁
天安艦沒犧牲子　哀哭呼名無答花
崇高英靈天怒悼　靈魂不滅永眠華

제군이여 간절하게 명령한다 귀가하라,
서해바다의 영웅 전우들이여 슬프도다.
차가운 백령도에는 파도 소리도 애통하듯,
밤바람타고 원한의 탄성소리 시끄러워지도다.
천안함 침몰되어 희생된 아들들아,
통곡하며 이름 불러도 대답없는 화랑들이여.
숭고한 영령이여 하늘도 분노하고 애도하니,
영혼은 불멸하노니 영면하며 고은 얼굴 영원하리.

2010년 4월 30일

丈母任逝去

晨鷄哀子逝天晨 天壽風塵寒苦貧
獨守空房年數往 江山六變恨青春
英魂極樂歸休息 慈愛之情不顧神
雲散霧消靈位靜 先塋香燭永眠親

새벽에 닭은 울고 자식도 우는데 하늘나라로 가시며 새벽을 열어주며,
천수를 다하시고 이 풍진 세상에 가진 고생은 빈곤이였으리라.
독수공방의 횟수는 몇 해나 흘러 갔을고,
강산이 여섯 번이나 변해가며 한 많은 청춘이였으리라.
영혼이여 극락왕생하여 돌아가 편히 쉬고,
자식을 애정으로 사랑했으니 신명이여 뒤 돌아 보지 말고 가소서.
구름이 흩어지고 안개가 사라지듯 편안한 영혼은,
선영에 분향은 사라졌으니 영친께서는 영원히 잠드소서.

2010년 5월 21일, 終 (음)2010년 3월 28일

金婚期年

金婚賀禮晩年迎 草路人生行路爭
難題家庭生活智 解顔夫婦道誠正
百年偕老和應福 千里登峯海濤横
殘夢愛情無病壽 善緣華首德聲明

금혼을 축하는 예의에 노년을 맞이하니,
초로인생의 행로는 경쟁이였도다.
난제도 많은 가정 생활을 지혜롭게,
웃고 사는 부부는 도의를 참되고 올바르게 하라.
백년해로는 화응하며 오복을 받았고,
천리를 등산하듯 파도속의 횡단도 있었으리라.
남은 꿈은 애정과 무병장수함이요,
좋은 인연되어 파뿌리가 되었으니 덕성을 밝게하라.

2010년 5월 20일

塞萬金

群扶西岸碧堤村 塞萬金廣闊水源
堤防路程長百里 地平疾走動車痕
自然多島風情致 雲氣霞光海岸坤
錦上江邊開發展 待望美都故鄉尊

군산, 부안 서해안의 김제간,
새만금은 광활한 수원지 같구나.
제방의 거리는 장장 백여리길,
지평선위에 질주하는 자동차 흔적만 남네.
자연의 많은 섬과 풍치가 정경이요,
구름의 기운에 노을진 해안변 땅의 덕이로다.
좋은 지역 강변 개발 발전에,
대망의 아름다운도시 고향 자존심되리라.

2010년 7월 3일

삶에 永登浦

鄰家奉仕善行先 喜事居生友好緣
世路常勤精進健 淨神塵合泰山連
處身鄕學望羊素 有志得時墨客賢
書藝初心長道意 琢磨專念晩成天

이웃에 봉사하고 선행으로 앞장서며,
하는 일은 기쁘게 하고 사는 곳에 우정과 인연을 남기고.
세상사는 상근정진에 건실하게 하며,
맑은 정신으로 진합태산의 뜻을 이어나가리.
세상을 살아감에 학문의 뜻을 소박한 희망속에,
뜻이 있으면 때를 얻고 묵객이 현명함이라.
서예의 초심자로써 장도의 뜻을 안고,
탁마를 전념한다면 대기만성은 천운에 있으리.

2010년 7월 7일

丁木自吟遊筆展終詩

吟風咏月墨香痕 流水雲行筆勢魂
墨客騷人餘滴枯 揮毫飛動致成原
長生書道常時習 忍苦歲華得意尊
神性整然遊藝靜 終身邁進樂天昏

시를 짓고 흥취에 젖어 묵향 흔적을 남기고자,
물이 흐르고 구름이 가듯 필세의 혼을 남기고.
소인 묵객으로 쓰다남은 먹물이 고갈될때까지,
휘호에 생생하도록 뜻을 이룰때까지 원리를.
길고긴 서도는 항상 쉬지 않고 열심히 하며,
인고의 세월에 바라던 일을 이루어 자존심을 살리고.
마음속 정돈된 학문의 뜻을 즐겁게 수양하고,
종신 매진하며 즐거운 뜻을 황혼의 그날까지.

2010년 7월 11일

退色한 卒業狀

草家寫眞帖狀微 人生俱老無常歸
歲華後徑尊重獨 退色證書懷古威
淺學菲才平居活 熱情技藝德行揮
墨香運命聲望祈 晩翠和應健筆飛

초가집 사진첩에 희미한 졸업장,
인생과 함께 늙어감에 귀래에 무상함을 느끼고.
세월의 뒤안길에서 존귀하며 외롭게 있노니,
퇴색한 졸업장은 옛 생각속에 중함을 느끼네.
천학비재함을 느끼며 한평생 생활을 하면서,
기예를 열정적 덕행으로 알고 휘호를 하며.
묵향은 내 운명이라 성망을 기원하면서,
늦게 푸르름일듯 화응하며 건필에 비상하리.

2010년 7월 20일

黙黙磨墨

人生喜怒墨香精 餘滴乾前素意誠
書藝美文生動勢 筆痕畫紙展開評
靜修遠路同行樂 體法神明習得驚
磨墨黙然淸線質 揮毫活氣熱情聲

인생의 희노애락은 묵향으로 마음을 달래고,
남은 먹물이 마르기 전에 본디 뜻에 정성을 다하리.
서예는 아름다움보다 생동감 있게 춤을 추듯하고,
필흔은 화선지 담아 펼쳐놓고 평을 받도다.
조용히 수양함은 먼 길을 동행하며 즐거움을 찾고,
붓 놀리는 법에 신명나게 습득하여 놀랍게 하니.
먹을 묵묵히 갈아 맑은 선질을 바래며,
붓을 들면 활기가 생기고 열정을 다하여 성망을 이루리.

2010년 8월 8일

太極小女世界頂上

黃金小女蹴球優　世界驚異頂上頭
鬪志燃燒精力戰　魂身勝戰熱情投
壯何娘子誇矜偉　國威宣揚歷史留
太極快然登極選　庶人歡喜威風尤

황금시대의 소녀들이 국제축구에 우승하니,
세계가 놀란 가운데 정상에 우뚝 섰다.
투지를 불사르며 정신력으로 싸웠고,
혼신을 다하여 승전을 위해 열정으로 몸을 던졌도다.
장하다 낭자들이여 자랑스럽게 위업을 이루고,
국위선양하고 역사를 남겼구나.
태극소녀들이여 통쾌하게 등극한 선수들이여,
국민의 환희 속에 위풍당당함이 더욱 자랑스럽구나.

2010년 10월 3일

瑞光의 漢江

千年水勢漢江長 千里清流精氣祥
中部管通黃海浦 漢陽動脈大河蒼
銀波魚雁和應樂 黃布漁歌喜怒鄉
歷史哀歡知得識 世情歲月瑞光望

천년을 힘차게 흐르는 한강은 장구하고,
천리를 맑은 물이 정기타고 상서로움을 주노라.
중부지방을 관통하여 황해의 포구로 가고,
한양의 동맥을 이루는 대하는 푸른 물결이로다.
반짝이는 물결에 물고기 기러기 화응하며 즐기고,
황포돛대에 어부노래는 희로의 향가일세.
우리 역사의 애환을 너는 알고 있으리,
세정의 세월은 서광에 희망으로 가자.

2011년 11월 6일

洌上詩社懷古

詩吟感舊至懷同 教學相長敬意融
洌上農山開導號 恩師追善昨秋風
青雲越嶺孤鶴處 流水浮萍波動通
賢友得時情緖靜 騷人墨客展望窮

시를 읊을때 지난 일을 생각하는 마음은 같을 것이며,
교학상장하며 서로 공경하는 뜻은 융화하였으리라.
열상시사는 농산선생님이 문을 열어 지도하며 이름도 짓고,
은사의 추선하는 마음이 작년 가을 바람으로 지났구나.
푸른 구름은 영을 넘어 외로운 학은 어느곳으로 갔을고,
흐르는 강물에 부평초되어 파동을 이루며 지나갔구나.
어진 벗들이여 좋은 시기를 얻어 정서적으로 안정되어,
소인 묵객으로 노후의 전망은 무궁하리라.

2011년 11월 28일

洌上詩社發展祈願

素望騷客瑞光東 洌上知人眞意同
清氣新春初志氣 吟風弄月晩年風
詩情難得時習事 如鳥數飛勤苦功
天道無親賢友愛 想應養德雅遊隆

소박한 바램으로 소객의 뜻이 동쪽에 서광이 일 듯,
열상시사 지인들의 참뜻은 한마음이었으리라.
맑은 기운 새봄에 초지의 기운을 얻어,
시를 짓고 흥취에 젖어 늦바람이 부는구나.
시정은 얻기 어려우니 학이시습함은 다스림이요,
어린 새 날 때 자주 연습하듯 근면 고난의 공정이로다.
하늘의 도는 친함이 없으니 어진 벗 들은 사랑으로 대하고,
서로 응하며 덕을 수양하면서 시를 즐기면 화함이 오리라.

2011년 11월 30일

福祉永登浦

朝明暉映漢流洋　福祉永登家緖陽
千世無彊生動感　龍翔雲起祝儀鄕
曙光萬事亨通愛　情地春風和氣祥
如意常勤精進盡　施與教學歲寒望

아침 해가 강물에 비치며 한강을 흘러 바다에 이르듯,
복지 생활의 영등포는 가전가업에 양명하리라.
오랜 세대의 끝이 없이 생동감 넘치고,
용이 날고 상운 일 듯이 축복받은 정든 향리로다.
서광이 일 듯 만사형통하고 사랑을 하며,
정든 땅에 화창한 봄날의 기운이 일 듯 복 받으리라.
뜻을 이루려면 상근정진하며 전력을 다하고,
베풀고 가르치고 배우는 노년에 희망을 갖으리.

2011년 12월 31일

青山島情景

海邊雲愛客船場 數萬人波寂寞蒼
岸畔風浪津徑霧 孤舟波線渡航鄕
鷹峯峽谷杜鵑發 寶積石途鳴鳥桑
越嶺南村和氣靄 青山燈臺夜光揚

해변가 운애 낀 여객 선착장에는,
수많은 인파에 적막감이 푸른 물결 일도다.
물기슭 가에 풍랑속의 안개 낀 부둣가,
외로운 배 파선을 이루며 도항하며 향촌에 이르다.
매봉산 두메산골 골짜기에는 진달래 피고,
보적산 험한 길에도 산새 울고 산 뽕잎 피였도다.
재를 넘어 남촌에는 화기애애하니,
청산도는 등대가 되어 야광으로 드날리리라.

2012년 5월 1일

益山鄕土文化遺産

千年神秘佛緣遺　百濟武王寺址時
彌勒山陽精氣景　龍華城廓瑞天姿
幢竿石柱門旗節　古寺立孤標柱持
事蹟展開鄕土發　史傳文化益山麗

천년신비 불교의 인연되어 유산을 남기니,
백제 무왕의 미륵사지는 시대상을 알리노라.
미륵산 남양의 정기 받아 경관이 수려하고,
용화산의 성곽은 하늘의 성서로운 자태로다.
당간석주는 정문의 기주만이 지조를 지키며,
옛 절터에 외로이 서있는 표적기둥이 지키고 있구나.
사적을 전개하여 향토를 발전 시키고,
역사와 전기문화의 익산이 아름다워지리라.

2012년 11월 10일

永登浦史談

永登浦工業地長　發展都市商街光
東洋酒造林公園　楊花瀑布長安揚
朝鮮仙遊峰紡織　眞露放鶴亭史鄕
漢江靈登天和祈　繁榮鄕里矜誇望

내 고장 영등포는 공업지역으로 성장하여,
발전하는 도시 상가번영으로 빛을 내도다.
동양맥주 회사는 자연공원으로 조성되었고,
양화교 인공폭포는 장안에 한때 선양하였도다.
조선맥주 선유봉, 방직공장은 뒤안길로 가고,
진로소주 방학정은 역사 속으로 가는 향리로다.
한강변에서는 영등제로 하늘의 기운을 기원하노니,
번영하는 내 고장이 자랑스럽고 희망을 갖도다.

2013년 4월 5일

慈親善終

慈親春雨古稀終　九子窮居苦海崇
奉養不肖生不孝　善終悚懼悔心空
銘旌習字無知客　遠逝無言啓示蒙
虞祭餘生書藝志　報恩意氣熱情攻

자친께서는 봄비가 애도하듯 비 내리는데 고희에 임종하셨네
7남 2녀를 두고 가난한 삶에 고해가 많으신 모친을 숭모합니다.
봉양 한 번 못한 불초 소생은 불효자식이요
선종하신 자친께 송구하고 후회하는 마음 공허감을 느끼네
명정을 쓰는데 나는 서예 무지요 조문객들도 어렵구나
가신 어머니께서 무언으로 계시하여 어리석음을 깨달으며
삼우제를 지내고 남은 여생을 서예에 뜻을 두고서
은혜를 갚고자 의지와 용기를 갖고 열정적으로 배우며 노력하리라

2021년 5월 15일

百歲熱情

野人書藝筆痕生 傘壽越年歲月程
丁木雅號精進藝 斜陽百歲熱情誠
諸般感謝虛心競 愛敬慾望知足營
知德名華難得技 騷人墨客知能聲

만경 야인은 서예 흔적을 남긴 서생이 될까
80이 넘은 세월에 이정표가 되는구나
정목이란 아호를 얻어 정진하는 예술인으로
석양이지만 백 세 인생 열정적으로 성의를 다하노라
모든 일에 감사하고 마음을 비우며 경쟁하지 말고
사랑하고 욕망을 버리면 만족을 알고 영광을 찾으리
지덕이란 명예를 얻음은 어려운 것이 예능이요
소인묵객은 지능으로 명성을 이루어보리라

2020년 3월 10일

中始祖殷烈公史蹟

始祖姜民瞻將軍　高麗兵部尚書君
契丹來侵牛皮塞　水戰大勝史蹟勳
殷烈影堂夫馬冢　祖先部下愛重聞
英雄太傅矜遺德　萬古宗中精氣雲

진주 강씨 중시조 은열공 강민첨 장군님의 사적에
고려 병부 상서 지금 국방장관직에 임금님의 은총을 받았도다
거란족이 쳐들어오니 밧줄에 소가죽을 엮어 소강물을 막아
수중전으로 대승을 이루어 유적을 남겨 공훈을 세우셨구나
은열공 영당(묘지)앞에 마부와 말 두덤이 잠들어 있고
선조님은 부하를 애지중지 하였음을 널리 알려졌으리라
영웅의 태자, 태부의 유덕을 훌륭함이 자랑스럽고
만고에 강씨 문중의 정기를 받아 마음이 구름 되어 따라가리라

2018년 12월 24일

永登浦 近代史

放鶴靈登祭胎動 衿川始興永登鄕
飛行汝矣廣場迹 羊馬山建議事堂
非運仙遊峯日帝 風流眞景漢江浪
民謠老乭江邊鷺 枝柳白沙樂海棠

방학호진에서 무사안일위해 영등제에서 태동되었으리라
조선시대 금천현에서 시흥 북면으로 영등포 향촌이 되었구나
국제비행장, 5·16 광장은 공원으로 변해 여의도가 개발되고
옛날에 양이나 말기르며 살았던 양말산은 국회의사당이 세워졌구나
비운의 선유봉은 일제 강점기 한강치수사업으로 도시개발로 해치가 되고
강산풍월의 풍류객은 없고 진경은 없어지고 한강물만 흐르는구나
민요의 노돌은 노량진의 옛 이름이요, 노들강변은 노들나루가 이루어져
늘어진 수양버들 백사장의 행락객은 해당화도 즐겼으리라

2018년 12월 20일

傘壽展 산수전

傘壽曉光旅客評　無常百歲順行程
前途進走淸書遠　過路餘生老樹傾
歲月如流時習得　不知去處熱情精
樂天教學相長就　動靜和應望海聲

내 나이 80세가 날이 밝아오는데 나그네의 인생을 헤아리며
백세인생은 무상함을 자연의 순행하는 이정표로다
앞만 보고 달려오면서 맑은 글씨를 원대한 꿈속에
지나온 길보다 남은 여생은 순식간 고목으로 기울어지노라
덧없이 흐르는 세월 속에서 학이시습하며 예능을 얻어야하노니
지난 세월 어디를 갔는지 생각 말고 열정으로 정진하리
낙천적으로 가르치고 배우면서 일취월장하며
행동상황을 순응하고 큰 희망 속에 성망을 이루어보리

※不知去處(부지거처) : 어디로 갔는지 모름

2016년 12월 30일

春夏秋冬(屛風)

春風香夢渡南橫　和氣萬家生動情
細柳連枝搖動舞　高飛雲雀太平聲
夏峯綠樹鳥吟友　鄕里豊年村老耕
江畔開花無笑對　銀波斜照靜流爭
秋山紅葉如錦色　楓落煙霞似繡淸
陽照西風湖水映　浮流黃葉坐遊蜻
冬天冷氣季從到　遠地雁陣何處生
靑竹雪花全畵幅　歲寒三友日常平

봄바람 꿈속의 남쪽에서 소식오니, 화기는 가정마다 생동감 정겹구나.
수양버들 잔가지 흔들리며 춤추고, 높이 나는 종달새 태평한 소릴세.
여름산 푸른숲은 산새소리 벗삼고, 향리의 풍년은 촌로들의 농사일세.
강언덕에 핀꽃은 소리없이 웃는데, 석양에 비친물결 다투며 흐르도다.
가을산 붉은잎은 비단 같은 색이요, 지는단풍 연하는 수놓은 듯 맑구나.
햇빛은 가을바람에 호수에 비치고, 떠가는 단풍잎엔 잠자리 앉아노네.
겨울하늘 찬기운 계절따라 오는데, 먼 곳에 기러기 떼 어디메 사는지.
청죽의 눈꽃은 한 폭의 그림이요, 세한의 세 벗은 언제나 태평일세.

2006년 2월 1일

古稀屛風(屛風)

淨筆詩書幅　自吟無極衰
草家香墨滿　難得樂天施
歲往騷人靜　風來不動時
雲客揮毫舞　夢鄕弄花宜
眼覺虛房内　青空氣道吹
浮生年百歲　白髮善終姿
老鶴孤飛遠　長松萬事知
古稀初志近　晩景夕陽怡

정필시서로 한 폭쓰니, 자음자는 줄어드네.
초가엔 묵향이 가득하니, 어려워도 즐겁게 베풀자.
세월가도 소인은 조용해, 바람에 흔들리지 않으리.
운객은 휘호를 춤 추듯, 꿈속에서 꽃보듯 즐기네.
잠깨니 방안은 비어있고, 창공엔 숨결만이 들리네.
덧없는 인생 살아야 백년, 백발에도 좋은 모습 지닐터.
늙은 학 홀로 멀리날고, 늙은 솔 세상사 알더라.
고희에 초심에 가까우니, 늦 경치에 석양도 기쁘네.

2006년 1월 15일

書生紀行

春氣青雲夢 日新一步望
善緣遊筆樂 遠到務耕長
夏季清亭墨 藝文晩學詳
古稀招待作 成就技能揚
秋月精神道 書生指導綱
常勤精進勉 教學愛情將
冬夜吟詩友 騷人墨客康
歲流斜照暮 動靜德聲香

일봄기운에 청운의 꿈을 안고, 신일보하며 희망을 갖고.
좋은 인연으로 유필락하노니, 학문먼데 힘써가며 오랜 세월을.
하계절 맑은 정자에 묵향으로, 예문은 만학도 이지만 상세히가고.
고희에 초대작가 되었으니, 성취한 기능에 양명이 있으리라.
가을 달 같은 마음에 정도를 가며, 서생은 후학의 지도에는 삼강의 근본.
상근정진에 더욱 힘쓰며, 가르치고 배우며 애정으로 일취월장하리.
겨울밤 음시에 벗을 삼아, 소인묵객으로 즐거워하는 동안.
세월이 가니 석양이 되어 저물어가고, 행동 움직임에 유덕 명성에 향기를.

2012년 9월 15일

樂天萬頃野人

淨書難得歲華長 맑은 글씨 얻기 어렵지만 오랜 세월 필요하고,
雄筆降天磨琢行 웅필 자는 하늘이 내렸을까 탁마하며 행하노라.
成就遠望爭進待 성취함을 먼 희망에 다투어 나아가 기다리며,
熱情時習致知揚 열정으로 시습하면 뜻이 이루어 드러낼 것이다.
詩情生動草香常 시정은 생동감 있게 풀 향기처럼 언제나,
千里聲施得志光 천리의 소문이 퍼져 득을 얻어 빛을 보리라.
風月弄花吟淺學 풍류를 즐기며 꽃을 즐기듯 부족한 음객은,
至誠天感致成昂 정성을 다함은 하늘도 감동하여 뜻 이루어 밝음이 오리
梅花何處滿家場 매화향기는 어느 곳 온 집안에 가득하고,
蘭體自香美葉芳 난은 본시 향기로워 꽃다운 자태로다.
菊笑秋光楓落歲 국화는 웃어주니 가을경치 단풍 떨어지는 세월,
竹枝雪景苦寒篁 대나무 가지에 쌓여진 눈 겨울의 대숲 설경이로다.
畵書板刻盡誠彰 그림 글씨를 목판에 각을 다하니 밝게 드러나고,
佳作完成喜樂翔 가작이 완성된 기쁨에 날듯 하는구나.
古典陰陽能筆致 고전 음양각의 능필에 이루게 하고,
副望技藝貴重糧 두 번째 기예로써 귀중히 여겨 양식으로 알지어다.
書家教學歲寒將 서예가로 교학을 늙어서 까지 장취하며,

全盛古稀晩景陽 전성시대는 고희라 늦 바탕에 밝음이 일도다.
講議幾何師導善 강의를 몇 군데 지도함은 선행이요,
德行能筆致成望 덕행으로 글씨를 잘 쓰기를 이루어지리라.
先天生産美聲唱 선천적으로 고운 목소리로 태어나 노래 부르고,
長技多分感動量 장끼가 다분한데도 감동을 헤아릴지어다.
苦樂古歌興趣曲 고락에도 옛 노래를 흥취있게 곡조 따라 부르고,
野人好友靜虛鄕 야인은 좋은 친구삼아 마음을 비우고 향수에 젖네.
時來運到踊吾忘 때가 되어 운이 온 듯 무용에 나를 잃어버리고,
好節無情歲多忙 좋은 시절 무정세월에 아주 바빴구나.
自制我家書藝習 자제하며 본인과 가정을 위해 서예를 시습하고,
禍根歌舞操身堂 화근이 가무였으니 삼가 몸가짐에 당당하리라.
聲望誰得智能康 명성과 인망을 누구나 얻음을 지능이 건강하여야 하고,
節制浩然生動祥 절제하며 왕성한 모양으로 생동감은 복이로다.
自愛尊重精氣强 자기를 사랑하고 존중하며 정신과 기력도 건승하게,
樂天長壽歲流香 낙천적으로 장수하며 가는 세월에 향기를 내리라.

2009년 11월 30일

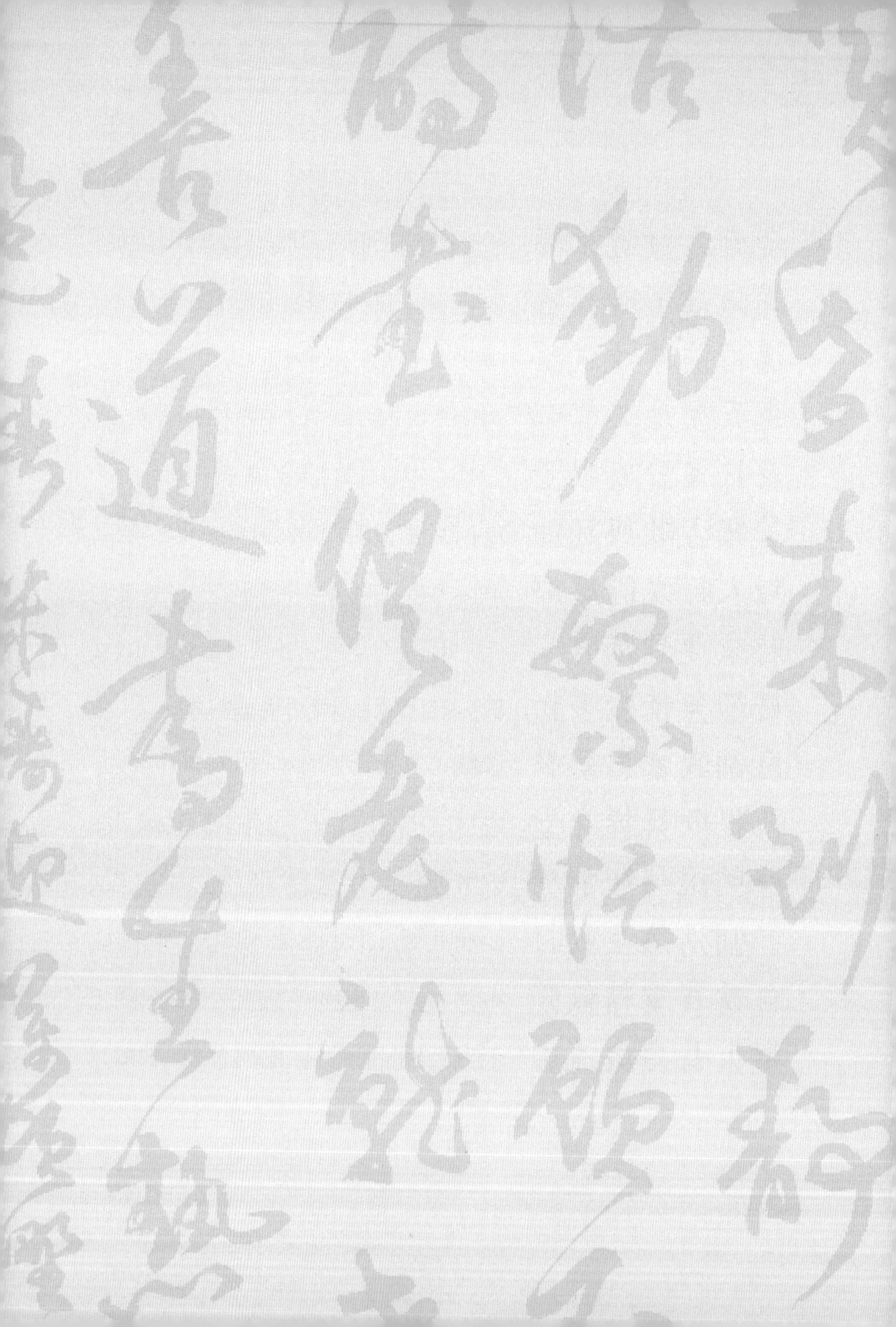

丁木 姜世煥

本　貫 : 晉州
出　生 : 全北 金堤
堂　號 : 萬頃野人
生　年 : 1938년 戊寅生
連絡處 : 010-3380-0034
住　所 : 서울시 영등포구 국회대로 597
당산반도유보라팰리스 105-1801

| 약력 |

- (사)대한민국 서예협회 초대작가, 심사위원 역임
- (사)한국서예협회 서울지회 초대작가, 이사, 심사위원 역임
- (사)서울시 서예공모대전 우수상, 대상 수상
- (사)대한민국 서법예술대전 오체상 수상, 동 초대작가
- 영등포문화원 운영위원, 서예 지도강사
- 예술의전당 제2기 서예전문과정 수료
- 2007년 개인전 2회
- 남부서예협회 회장 역임
- 丁木 서예원 원장
- 영등포 서예협회 고문
- KBS1 뉴스광장(2012.1.23.) 신년휘호 ◎ KBS2 스펀지 4회 출연

| 저서 |

- 정목 한시집 1~4집 출간
- 정목 자음 초서집 1집, 2집 출간

| 수상 |

- 자랑스러운 서울 시민상
- 서울특별시 시장상 수상
- 영등포구 문화상
- 영등포구청장상, 영등포문화원장상 및 다수

저 자 와
협의하에
인지생략

丁木 漢詩集

인쇄일 2025년 11월 20일
발행일 2025년 11월 30일

저 자 정목 강 세 환
H·P 010-3380-0034

발행처 ㈜이화문화출판사
등록번호 제300-2015-92
주소 : 서울시 종로구 인사동길 12, 대일빌딩 3층 311호
전화 : 02-732-7091~3 (도서 주문처)
FAX : 02-725-5153
홈페이지 : www.makebook.net

제작처 (주)서예문인화 출판도서
서울시 종로구 인사동길12 대일빌딩 310호
TEL.02-738-9880

정 가 20,000원
ISBN 979-11-5547-615-4

※ 본 책의 그림 내용을 무단으로 복사 또는 복제할 경우
저작권법의 제재를 받습니다.